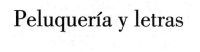

Peluquería y letras

Juan Pablo Villalobos

Peluquería y letras

EDITORIAL ANAGRAMA

BARCELONA

Proyecto realizado con la Beca Leonardo a Investigadores y Creadores Culturales 2019 de la Fundación
BBVA

Ilustración: © Judy Kaufmann

Primera edición: marzo 2022

Diseño de la colección: Julio Vivas y Estudio A

© Juan Pablo Villalobos, 2022
Publicado por acuerdo con Literary Agency Michael Gaeb

© EDITORIAL ANAGRAMA, S. A., 2022
Pau Claris, 172
08037 Barcelona

ISBN: 978-84-339-9945-0
Depósito Legal: B. 2178-2022

Printed in Spain

Liberdúplex, S. L. U., ctra. BV 2249, km 7,4 - Polígono Torrentfondo
08791 Sant Llorenç d'Hortons

La infelicidad tiene que estar viva para que pueda suceder cualquier cosa.

VIVIAN GORNICK

Nada en este libro es cierto, salvo lo que sí.

Éramos felices y comíamos tacos, butifarras y feijoada. Éramos tan felices que yo me podía permitir escribirlo desvergonzadamente al inicio de un libro, como si fuera el final.

La brasileira y yo nos habíamos conocido hacía quince años en la universidad, en un seminario sobre literatura del Holocausto –no hay ironía ni dobles sentidos en este hecho, porque no lo estoy inventando, simplemente sucedió así–. Habíamos decidido vivir juntos aunque las circunstancias no eran para nada propicias: los dos nos habíamos separado hacía poco tiempo, la brasileira era brasileña y yo era mexicano, y ambos habíamos venido a Barcelona con la idea de estudiar un doctorado y volver a nuestros países. Por si fuera poco, la beca con la que los dos nos manteníamos apenas cubría las necesidades básicas y tenía fecha de caducidad.

¿Qué íbamos a hacer luego, cuando los estudios y la beca se terminaran?

Como no teníamos la más remota idea, decidimos tener un hijo.

Sobrevinieron innumerables complicaciones —a la brasileira le gustaba llamar a lo nuestro *matrimonio de inconveniencia*—, obstáculos que hubo que salvar —la gran mayoría trámites—, pruebas a superar —vivir en Brasil tres años y acabar volviendo a Barcelona fue quizá la más complicada—, pero el caso era que no solo continuábamos juntos, sino que nos habíamos multiplicado y ya éramos cuatro: la brasileira, el adolescente, la niña y yo. Los llamaré de esta manera porque ninguno de los tres me autorizó a utilizar sus nombres en estas páginas.

—¿Y por qué vas a escribir sobre nosotros? —me preguntó el adolescente, luego de pedirme que tampoco fuera a usar el apodo con el que lo llamaban sus amigos, anticipándose al bochorno de verse retratado.

Eran las siete y media de la mañana y el adolescente desayunaba antes de irse a la secundaria. Yo estaba tomando el primer café del día, preparando el que iba a llevarle a la brasileira a la cama para despertarla, cuando me di cuenta de que aquí debía empezar el libro: en el inicio de un día cualquiera.

12

–¿Ya se te acabaron las ideas? –insistió el adolescente.

–Siempre he escrito sobre nosotros –le contesté–, en todos mis libros.

–Ya, pero no explícitamente –replicó.

A pesar de su edad, el adolescente tenía un vocabulario muy florido; perduraba de las lecturas infantiles –ahora casi no leía nada– y se estaba volviendo cada vez más barroco por su obsesión con las rimas multisilábicas de las batallas de rap.

–Pues mira –le expliqué–, ahora es lo contrario: voy a escribir de nosotros porque en el fondo no voy a estar hablando de nosotros, sino de algo más, de algo que está más allá de nosotros. En la literatura siempre es así, escribes de una cosa aunque en realidad estás hablando de otra.

–¿De qué? –me preguntó.

–No sé –le contesté–, de una idea, de una forma, de la forma de una idea, de la idea de una forma, algo así.

Miré la cuchara vacía que el adolescente sostenía y que se había quedado suspendida a medio camino entre su boca y el plato de cereales, como demostrando su recelo, su incomprensión o su perplejidad. La luz estridente de la lámpara de halógeno de la cocina se reflejaba en la superficie metálica de la cuchara. Había amanecido

13

hacía un buen rato –era la semana previa al inicio del verano–, pero nuestro departamento estaba en el primer piso y solo recibía luz natural indirecta.

–Pero ¿entonces de qué se va tratar el libro? –me preguntó el adolescente.

–De la felicidad, de las condiciones de la felicidad, creo –le dije.

–¿Crees?, ¿no lo sabes?

–No exactamente.

–¿Nosotros somos felices?

–¿Tú qué piensas?

–No sé, tú eres el que escribe el libro.

–Pero te puedo citar.

–Ni se te ocurra –sentenció.

Tomó aire para añadir algo, pero se arrepintió y prefirió devolver la vista al plato de cereales. Se apresuraba a terminar porque en el bolsillo le quemaba el celular, exigiendo su atención.

A las ocho cuarenta salí de casa, acompañé a la niña caminando hasta la puerta del colegio y, antes de encerrarme en el estudio a escribir, fui a la clínica de gastroenterología a pedir un justificante que la brasileira necesitaba.

Si fuera verdad lo que yo le había dicho al adolescente, que la literatura siempre contaba otra cosa más allá de las apariencias, que por detrás o por debajo de toda historia había una segunda historia, otro relato oculto que no se contaba, la parte del iceberg que estaba debajo del agua –como habían afirmado un montón de críticos literarios y escritores–, en este caso la segunda historia había acontecido la semana anterior, cuando en la clínica de gastroenterología me habían practicado una colonoscopia. No tenía pensado escribir sobre este examen –había sido una inspección de rutina–, pero por lo visto la literatura se encontraba en todas partes, hasta en mi recto.

Por fortuna, durante la exploración los médicos no habían encontrado pólipos, pero al salir de la clínica, como yo estaba bajo los efectos de la anestesia, flotando en una nube deliciosa de propofol, y la brasileira iba concentrada en intentar controlarme para que no hiciera el ridículo, se nos había olvidado que ella necesitaría justificar su ausencia en la oficina, lo que me obligó a volver a la clínica aquella mañana.

De nuestro departamento a la escuela de los niños había setecientos cincuenta metros, de la escuela de los niños a mi estudio, seiscientos; me pasaba el día andando sin salir de un radio de dos o tres kilómetros –incluso la clínica de gastroenterología estaba muy cerca–, deambulando plácidamente entre los bares de toda la vida y los restaurantes de moda, los locales de tatuajes y de venta de spray para grafiti, las peluquerías y las librerías, los supermercados para mascotas y los centros de yoga, los despachos de arquitectos ecologistas y las carnicerías veganas, en resumen, la infraestructura de parque de diversiones de nuestro barrio. Todo era tan ameno que bien podría ser que estuviera confundiendo la felicidad con la comodidad o el aburguesamiento.

La recepcionista de la clínica estaba sentada detrás de un cristal que la separaba de los pacientes, usaba una diadema para atender el teléfono y daba sorbitos a una taza que contenía un café muy aguado o un té negro muy fuerte.

–Tiene que venir ella a solicitarlo personalmente –fue su respuesta, luego de escuchar mis explicaciones.

–Está en el trabajo –le contesté–, no puede venir.

Le comenté que mi intención era devolverle la gentileza a la brasileira, porque al fin y al cabo ella me había hecho un favor aquel día acompañándome a la clínica, y que no quería encima complicarle la vida, porque si ella tuviera que venir de nuevo le iban a pedir otro justificante para la nueva ausencia.

–Un justificante para el justificante –concluí, orgulloso, según yo, de exponer lo absurdo de la situación.

16

–Pero ¿cómo podemos saber que ella realmente estuvo aquí ese día? –me respondió.

El tonito con el que hablaba sonaba a acusación. Y cada vez que usaba un adverbio lo pronunciaba irónicamente, como para advertirme de que le parecía todo muy raro, muy sospechoso. No pude evitar sentirme incómodo, como si la recepcionista tuviera razón y yo estuviera ocultando algo –además de la segunda historia–; era algo que no podía evitar, culpabilizarme de todo. De reojo miré a mis espaldas, preocupado de que hubiera testigos, algún vecino, amigo o conocido, alguien que me reconociera. Pero los pacientes que aguardaban en la salita de espera –además de anónimos– tenían esa apariencia cadavérica de quienes han sido obligados a ayunar, la palidez del que teme las malas noticias, y estaban entretenidos con sus teléfonos.

Seguramente la recepcionista se estaba imaginando que la brasileira y yo pretendíamos aprovecharnos de mis padecimientos gastrointestinales para cometer algún tipo de fraude administrativo, uno pequeño, insignificante, cobrar sin haber trabajado, no descontar esas horas de las vacaciones, algo por el estilo. Pero incluso si fuera así, ¿qué le costaba darnos el justificante?, ¿por qué se lo tomaba tan a pecho?

Volví a mostrarle en mi celular el correo elec-

17

trónico con el que la clínica me había confirmado la fecha y hora en las que me habían hecho el procedimiento.

—Puedo darle un justificante para usted —me dijo la recepcionista—, ningún problema.

—Yo no lo necesito —le contesté.

Me miró con más suspicacia todavía, como asumiendo que yo estaría desempleado o, peor aún, que era un mantenido.

Estuve a punto de explicarle a qué me dedicaba, pero pensé que eso solo empeoraría las cosas. Me acordé de un colega que nunca respondía que era escritor, según él porque afirmarlo era arrogante, y prefería contestar que era ganadero. Al adolescente y a la niña les daba vergüenza que yo dijera que era escritor, porque casi siempre, implícita o explícitamente, el diálogo posterior derivaba hacia si su padre era un escritor *de verdad,* uno famoso. Pero yo no podía decir que fuera otra cosa además de escritor —a menos que mintiera— y en realidad aquel colega también era ganadero, y más que ganadero, terrateniente, había heredado una hacienda en los valles de Colombia. Típico. La historia oculta de la literatura latinoamericana es la historia de la aristocracia y la burguesía.

—¿Señor?

La recepcionista estaba intentando devolverme mi teléfono mientras yo recordaba ese episodio ocurrido en Brasilia, hacía siete u ocho años, en el lobby de un hotel.

—¿Viene a la bienal del libro? —preguntó otra recepcionista, la del evento.

—Sí.

—¿Ocupación?

—Ganadero.

Las opciones que le aparecían a la recepcionista en la pantalla eran escritor, editor, periodista y librero, pero el individuo exigió ser registrado con su verdadera profesión, para lo que hubo que llamar a un informático.

—Yo no tengo horarios —expliqué, al tomar de vuelta mi teléfono—, trabajo por mi cuenta.

Era temerario asegurar que escribir era un trabajo, y sostenerlo ameritaría también una digresión, una muy extensa, y la recepción de una clínica de gastroenterología no era el lugar propicio para hacerla. Y, ultimadamente, la recepcionista tampoco me pidió más explicaciones.

—¿Entonces? —insistí.

—Para su amiga no puedo darle el justificante —contestó la recepcionista.

—Es mi esposa —aclaré.

—Es igual —dijo la recepcionista, pero no era igual, ¡¿cómo iba a ser igual que la brasileira fuera mi amiga o mi esposa!?

19

–Ten cuidado –se inmiscuyó una segunda recepcionista, que estaba al lado de la primera y que hasta entonces se había mantenido ensimismada mirando el monitor de su computadora–, puedes meterte en un problema.

–¿Verdad? –respondió la primera recepcionista–, ¿qué tal que ella no vino ese día?

–Quizá quieren usar el justificante como coartada en un juicio –le dijo la segunda a la primera.

–¿Cómo? –protesté.

Las dos se pusieron a explicar sus sospechas, interrumpiéndose y complementándose con los conocimientos adquiridos en películas de tribunales y series policiacas.

Pasmado, las miré con curiosidad.

La primera era delgada, pálida, tenía los ojos azules, brackets transparentes en los dientes y un rostro redondo, infantil, lleno de lunares. La segunda era robusta, morena, tenía ojos oscuros, rostro masculino medio árabe y una cicatriz que le atravesaba el labio superior. El contraste funcionaba bien. Si hubieran sido personajes de ficción.

–Esas cosas suceden –concluyó la segunda recepcionista, como para darle un toque de sabiduría popular al diálogo.

–¿Es broma? –les pregunté.

–No –respondió indignada la primera–, yo soy la responsable de emitir ese documento.

20

–Te pueden llevar a juicio como testigo –le dijo la segunda.

¿De qué juicio estaban hablando?

Evidentemente, la intervención de la segunda recepcionista había producido un cambio de género, de la picaresca a la literatura criminal, y yo había evolucionado de alcahuete sumiso a peligroso encubridor.

–¿Y entonces? –pregunté, medio suspirando, abatido, como para hacerles ver que la cosa se estaba complicando más de lo necesario y que ya podíamos irnos encaminando hacia el desenlace del episodio.

–Que venga ella y que traiga una prueba de que estuvo aquí ese día –dijo la primera recepcionista.

–¿Una prueba?

–Algo que demuestre que ella de verdad le acompañó.

Justo en ese momento, presintiendo lo que pasaba, me llamó la brasileira. Se me había olvidado silenciar el teléfono. Dudé si debía contestar o devolverle la llamada más tarde. Finalmente opté por soltar la pluma, levantar la vista del cuaderno y atender.

–¿Estás ocupado? –escuché que dijo la brasileira, como saludo.

–Más o menos –le respondí.

—¿Recogiste el justificante? —me preguntó.

—Sí —le dije—, aquí lo tengo.

Me dio las gracias y la escuché quedarse callada. Era algo que hacía cuando quería platicar.

—¿Estás en el estudio? —dijo.

Le contesté que sí.

Me explicó que estaba muy agobiada, que acababa de terminar una reunión muy engorrosa con los traductores japoneses, que se había preparado un café y había salido a la terraza a que le pegara el aire. La brasileira es lingüista, trabajaba en una transnacional de la traducción que parecía una sucursal de las Naciones Unidas.

—¿Estabas escribiendo? —me preguntó.

—Ajá —le contesté.

—¿Y cómo vas?

Empecé a quejarme como hago siempre que estoy inseguro, a enumerar las dificultades que estaba padeciendo para encontrar el tono, el punto de vista, la sintaxis, la estructura, el ritmo, las motivaciones de los personajes, la lógica narrativa.

—¿Algo más? —preguntó la primera recepcionista.

—Creo que no —respondí.

—¿Te diste cuenta de que solo nos usó para inventar un conflicto? —le dijo la segunda recepcionista a la primera.

—Un conflicto inexistente —contestó la primera.

–De literatura burocrática, el *Hombre* contra el *Sistema* –dijo la segunda, pronunciando las letras mayúsculas y exagerando las cursivas.

–Para hacerse la víctima –agregó la primera.

–No tiene conflictos reales –replicó la segunda.

–Cómo va a tenerlos –dijo la primera–, míralo, sentadito en su estudio, con sus cuadernos y sus plumas.

–¡Escribiendo en horario de trabajo! –respondió la segunda.

–Los conflictos, además de literatura, producen gastritis –les contesté.

–¿Cómo? –dijo la brasileira–, ¿tienes gastritis?

–No no –le dije rapidísimo, para que no se preocupara, tan rápido que el segundo «no» casi se echaba encima del primero–, estaba pensando en voz alta.

–¿Pasa algo? –me preguntó.

–Perdona, tengo que colgar.

La verdad era que en la familia estábamos pasando por una etapa de estabilidad perfecta. Las cosas entre la brasileira y yo iban bien, el adolescente y la niña estaban sanos y eran inteligentes y cariñosos, no sufríamos dificultades económicas, nuestra rutina era una succsión de momentos placenteros. Estábamos donde queríamos estar. No queríamos estar en otro lugar. En realidad, lo que parecía era que estábamos representando el guión de una familia feliz pequeñoburguesa, al grado de que uno de nuestros mejores amigos nos repetía con frecuencia que dábamos *bastante asquito*.

Por supuesto, había otra manera de ver las cosas y la sospecha de que nos habíamos vuelto conservadores fue apoderándose de nosotros. Una noche, muy tarde, en la cama, al hacer un elogio de la estabilidad y de la madurez, yo había colocado la palma de mi mano derecha boca abajo, horizontalmente, y había trazado una línea imaginaria hacia el infinito: la prolongación de la felicidad.

—Como un encefalograma plano —dijo la brasileira.

Empezamos a repasar nuestra historia como si, de alguna manera, ya hubiera llegado a su final. O, cuando menos, al final de la parte importante, una vez superados los obstáculos.

—La parte aburrida —decía la brasileira.

—Más bien es la parte que no tiene tensión narrativa —le contestaba yo—, porque no hay conflicto; pero yo no quiero más sobresaltos, estoy cansado, ¿está mal que lo único que quiera sea continuar así?

Para ser exactos, lo que no quería era meterme en más aventuras, porque, viniendo de donde venía, el riesgo de caer, de retroceder, era muy grande. Si la clase media mexicana era paranoica era porque la paranoia estaba justificada. Ese miedo nos lo habían programado a mí y a mis hermanos en la infancia, en aquellos años ochenta de devaluación e hiperinflación, de vivir en crisis económica perpetua.

Uno batallaba durante años para abandonar la inestabilidad y la precariedad y, si tenía la fortuna de conseguirlo, era premiado con un manto tibio, una copa de vino sin fondo, amigos que sonreían despreocupadamente –o que fingían estar atormentados–, fines de semana en la playa, paseos por la montaña, exposiciones, conciertos, presentaciones de libros, fiestas.

Resultaba tan agradable que uno ni siquiera se daba cuenta de que había caído en una trampa.

Porque ¿cómo se podía escribir sumido en ese sopor embriagador?

En realidad, mi único conflicto genuino, auténtico, era que yo me empeñara en escribir, cuando por lo visto no había razones para hacerlo.

–Pero estás escribiendo, ¿no? –me había preguntado mi editora dos días antes, cuando le expliqué todo esto, aunque de una manera todavía más confusa.

Estábamos en una librería, en la presentación de unos cursos de escritura que apadrinaba la editorial, acompañados por un representante de la escuela, su amigo italiano, el dueño de la li-

25

brería, una escritora que impartiría otro de los cursos y su novio.

En teoría los cursos se iniciarían en septiembre y la idea era hacer la promoción ahora, calculando que la gente se iría inscribiendo durante el verano, pero ya habían pasado diez minutos del horario en el que tendría que haber comenzado el evento y no habíamos empezado por causas de fuerza mayor –no había público–. Era una tarde templada del final de la primavera, la semana siguiente sería la verbena de San Juan, ¿quién iba a querer meterse a una librería? Así que, mientras tomábamos una copa de vino blanco y comíamos cacahuates, mi editora había aprovechado para llevarme aparte y preguntarme cómo iba con la escritura –unos días antes le había enviado unas páginas de muestra del inicio de una supuesta novela.

–No es que no vaya a escribir –me apresuré a responderle–, creo que me expliqué mal. Por cierto, ¿le echaste un ojo a lo que te mandé?

Justo entonces llegó una señora y tomó asiento en la primera fila, lo que agravó la situación, porque ya no podríamos irnos a casa después de hacer un honroso pacto de silencio.

–Sí, sí –contestó, y me pareció que el segundo «sí» desmentía al primero.

–¿Y? –pregunté.

26

–¿Qué te pasa con los adverbios?

Aprovechando que la señora que acababa de llegar se había sentado de espaldas a nosotros, el dueño de la librería desapareció y coló como público a tres empleadas.

–Estás metiendo adverbios todo el tiempo –añadió mi editora–, ¿no te habías dado cuenta?

–Hay que matizar, nada se dice de manera absoluta –le contesté rotundamente, aunque me quedé con mal sabor de boca, como si mi editora se hubiera puesto a hablar de adverbios para no decirme que no le había entusiasmado lo que le había enviado.

Cinco minutos más tarde, el dueño de la librería le pidió al público que tomara asiento. Más bien a los que no eran público, a mi editora, al novio de la escritora, al amigo italiano del representante de la escuela, porque el público de verdad solo estaba conformado por la señora.

En el estrado, éramos tres: el representante de la escuela, la escritora y yo.

Toda la situación se me hizo incomodísima: la falta de público, las evasivas de mi editora, el hambre, la conciencia de que estaría mejor en casa, cenando con la familia –me había atiborrado de cacahuates y me empezaba a doler la tripa–, y, para rematar, de golpe recordé la broma sobre mi peinado que me había hecho el dueño

de la librería al saludarnos y empezó a darme vergüenza estar ahí, en el estrado, con esos pelos.
Tendría que haber ido a la peluquería. Era algo
que me pasaba siempre: me daba cuenta de que
ya era hora de cortarme el pelo, pero la desidia y
las obligaciones de la rutina me lo impedían hasta
que se volvía un asunto de vida o muerte. Lo que
me avergonzaba no era tanto el volumen despro-
porcionado que adquiría mi cabello al esponjarse
por la humedad del verano que se acercaba, sino
la longitud y deformidad de las patillas, que al
verme en el espejo me hacían pensar en futbo-
listas de los años ochenta, estrellas de rock de los
años ochenta, políticos populistas de los años
ochenta, personajes de series de televisión de los
años ochenta y, lo que es peor, mi propio yo, prea-
dolescente y adolescente, de los años ochenta.

El representante de la escuela dio la bienveni-
da e hizo una breve introducción de los cursos, el
de creación de personajes, que impartiría la escritora, y el de voces narrativas, que daría yo. Ense-
guida fue el turno de la escritora, que habló alrededor de diez minutos.

Cuando me tocó hablar a mí, mientras expli-
caba con un entusiasmo aberrante –directamente
proporcional a mi incomodidad– un diagrama
con el que pretendía ejemplificar diferentes tipos
de narradores y tonos narrativos, el amigo italia-

no del representante de la escuela levantó la mano y, sin esperar a que le diera la palabra, me interrumpió.

—*Bueeeeeeno* —exclamó—, eso está muy bien, pero al final se escribe por necesidad, porque se tiene algo que decir. Lo importante es tener la necesidad de decir algo, sin esa necesidad no se puede escribir. Cuando alguien necesita escribir, escribe y ya está, sin necesidad de más complicaciones.

Arrastré hacia atrás un poco la silla en la que estaba sentado y giré la cabeza hacia la pantalla en la que se estaban proyectando las imágenes que había preparado para la presentación. Eran notas, cuadros sinópticos y diagramas procedentes de mis cuadernos, trazados en tinta roja y azul, convenientemente escaneados. Ese esquema de narradores había surgido de la crisis de escritura de mi tercera novela, seis o siete años atrás. Había tachones y a veces ni yo alcanzaba a entender la letra, pero me parecía que aquello le daba autenticidad.

Me puse a buscar qué tono narrativo, de entre los que aparecían en la proyección, debería asumir en mi respuesta y dudé entre el cinismo, la perplejidad, la ofensa o el insulto. Mientras tanto, movía la cabeza ligeramente hacia arriba y hacia abajo, con los párpados entrecerrados y la mirada perdida en la pantalla, para que los presentes percibieran que estaba meditando lo que iba a con-

29

testar. La verdad era que me estaba preguntando, melancólico, qué estarían cenando la brasileira y los niños.

Empujé la silla hacia delante, de vuelta a su lugar, me acaricié las patillas, miré al italiano, para confirmar que de verdad estaba esperando una réplica de mi parte, y al empleado de la escuela que lo había traído, para ver si no iba a matarlo. Entonces mi editora tosió, supongo que para que me apurara, porque con cada segundo que pasaba la situación era más rara.

Me vi obligado a soltar un rollo sobre la vocación de escribir, sobre la mitificación de la figura del escritor torturado, sobre la profesionalización de la escritura, sobre las musas y las escuelas de escritura creativa en Estados Unidos que duró más tiempo que el que tendría que haber empleado en toda mi presentación.

Afortunadamente, cuando terminé de hablar, antes de que el italiano volviera a meter la cuchara, sucedió un hecho extraordinario que desvió la atención de todo el mundo: dos personas más tomaron asiento al fondo.

Se trataba de una pareja. Un tipo fortachón, de alrededor de cuarenta años, latinoamericano, y una mujer chaparrita y rechoncha, también latinoamericana. Luego me di cuenta de que estaba embarazada. Los dos tenían peinados bonitos.

30

Aproveché la distracción que había generado su llegada para reanudar mi exposición y concluirla.

En cuanto bajé del estrado, todavía entre los aplausos protocolarios de la concurrencia, el tipo fortachón se aproximó para decirme que él quería escribir un libro y que necesitaba saber cuánto costaba el curso.

Caminé hacia la mesa del vino, tomé un folleto y se lo entregué.

Me dijo que era ecuatoriano, que trabajaba como vigilante en un supermercado, mientras revisaba el folleto y descubría que ahí no aparecían los precios.

Volvió a preguntarme cuánto costaba el curso.

A su lado, la mujer lo miraba tranquila, pero cansada, como si estuviera acostumbrada a ese tipo de situaciones. Le contesté que yo no sabía nada de los precios. Por supuesto, sí que lo sabía. Fui perfectamente consciente de que si no quería darle el precio era por un prejuicio de clase, por vergüenza, por creer que ese dinero el ecuatoriano debería gastárselo en algo más útil y urgente que un curso de voces narrativas –los muebles de la habitación del bebé, por ejemplo.

Pero el ecuatoriano insistía con vehemencia.

Miré alrededor calculando a quién podría endilgárselo. De pronto tuve un miedo cerval a que si el tipo acababa descubriendo el precio me estrujara con sus musculosos brazos en castigo por nuestro elitismo. El elitismo de la escuela, para ser exactos.

La mujer extendió su mano derecha y acarició al ecuatoriano en la espalda.

—Vámonos, amor —le dijo—, estoy cansada, llevame a casa.

Tenía acento argentino o uruguasho.

—Espera, cariño —le contestó él—, esto puede ayudarme a escribir mi libro.

—¿De qué va tu libro? —le preguntó mi editora, que acababa de acercarse a nosotros.

—De mis experiencias —respondió el ecuatoriano.

¿Experiencias?

¿El fortachón tenía raptos místicos?

Me puse más nervioso todavía.

—¿Cuándo nace? —le pregunté a la mujer, desviando momentáneamente la mirada hacia su barriga para intentar desviar también el rumbo de la conversación.

—En octubre —dijo la uruguasha.

—¿Ya saben qué es? —preguntó mi editora.

—Es niña —contestó esha.

Justo en ese momento, el representante de la escuela se puso a mi lado, sonriente, en actitud de relaciones públicas, listo, según él, para cerrar la venta.

–¿Cómo se enteraron de los cursos? –preguntó.

–En realidad estábamos paseando y entramos a conocer la librería –contestó la uruguasha.

–No, cariño –dijo él–, yo quería venir porque necesito ayuda para escribir mi libro y este curso me puede servir, no te había contado porque no ibas a querer acompañarme.

Ante la amenaza de la pelea conyugal, mi editora me apretó sabiamente el antebrazo, pidió disculpas y fue a incorporarse al grupito donde charlaban la escritora, su novio y el dueño de la librería.

–Yo he visto muchas cosas –insistía el tipo–, he vivido cosas muy duras, muy difíciles, y siempre he salido adelante, me he levantado muchas veces, a la gente le serviría leer mis experiencias.

–Mi curso no te va a servir –lo interrumpí.

Entonces me lancé a hacer una crítica desmesurada de algo que llamé *la literatura de la experiencia,* aseguré que lo mío era *la literatura de la imaginación,* repudié el auge de la literatura íntima de los últimos años y le recomendé que se buscara un taller de autobiografía –dicho en ese momento sonó como a un lugar donde reparaban vidas.

Por fin me callé el hocico.

El ecuatoriano asintió sin entusiasmo, miró al representante de la escuela y le preguntó:

–¿Cuánto cuesta el curso?

El teléfono celular, que empezó a vibrar en el bolsillo de mi pantalón, me salvó del trance.

–Perdón –dije, mostrándoselo al ecuatoriano, a la uruguasha y al representante de la escuela–, es una emergencia.

Caminé hacia la salida de la librería blandiendo el aparatito como coartada, hice señas exageradas a mi editora, a la escritora y a su novio para que interpretaran que me tenía que ir porque había ocurrido algo urgente.

–¿No vienes a tomar algo? –me gritó mi editora.

–Tengo que irme –contesté–, te llamo.

Salí a la calle y respiré aliviado. Pero resultó que sí era algo urgente, un mensaje de texto, una noticia dramática que, coincidencias de la vida, parecía que yo hubiera provocado: la peluquería donde me cortaba el pelo desde que llegué a vivir a Barcelona iba a cerrar para siempre y de inmediato, aquel había sido su último día de operaciones.

Mi peluquero, de naturaleza pesimista e impaciente, llevaba tiempo amenazando con abandonar su faceta de empresario y por fin había decidido colgar las tijeras, o más bien trasladarlas a otro salón de belleza, uno en donde él sería solamente un empleado más y en el que recibiría su salario cada mes sin preocuparse por la renta, los impuestos, los permisos municipales, la administración de las cuentas o la limpieza.

«Justo iba a llamarte para pedir hora», le escribí, «me urge.» Esperé la respuesta mientras caminaba al metro para volver a casa. «Ahí tienes los nuevos datos», contestó.

En el mensaje de despedida incluía las señas del local donde a partir de entonces estaría atendiendo. Mi primer impulso fue prometerme que lo seguiría hasta el fin del mundo, pero luego descubrí que el fin del mundo no solo estaba muy lejos sino que encima tenía muy mala conexión de transporte público desde mi casa o desde mi estudio.

Llegado a este punto, me di cuenta de que de momento no tenía nada más que contar. La digresión sobre los cursos de escritura y el cierre de mi peluquería me había llevado a un callejón sin salida, ahora no se me ocurría cómo continuar, así que decidí hacer una pausa y salir a estirar las piernas; era algo que solía funcionar, salir a vagabundear, como hacían muchos de los escritores que me gustaban, esos novelistas y cuentistas para los que el paseo y la narración eran sinónimos.

En honor a la verdad, debo confesar que mi educación católica, por mucho que luchara contra ella, me mantenía en guardia permanente contra la inutilidad –siempre me he sentido culpable de desperdiciar el tiempo–, por lo que pensé en aprovechar el paseo para echarles un ojo a las peluquerías de la zona y, quién sabe, pedir cita si alguna me convencía.

En los alrededores del estudio había dos peluquerías; en los últimos años las había contemplado, de reojo y sin ponerles mucha atención, cientos de veces, así que me pareció que lo más natural sería probar con una de ellas.

La primera, la más cercana, estaba especializada en la aplicación de queratina, y la segunda aparentaba ser, al menos desde afuera, una peluquería normal, ni demasiado moderna ni demasiado vetusta. Lo confirmé al entrar y ver que la peluquera era joven pero no estaba tatuada ni lucía un peinado extravagante, de revista. Era una treintañera muy blanca y alegre, de rizos rubios, ojos azules y cachetes chapeteados, bretona, a juzgar por los pósters que decoraban el salón. De la Bretaña francesa. Yo había entrado con la idea de pedir cita, pero, contra todo pronóstico, aunque eran las once de la mañana –horario estelar de lavado y peinado de las ancianas–, la peluquera estaba desocupada y afirmó que podía cortarme el pelo ya mismo.

A pesar de su apariencia y actitud afables, la analicé con desconfianza por dos motivos. El primero era obvio: ¿qué clase de peluquera estaba disponible sin que pidieras cita? Una que no tenía muchos clientes. Una peluquera mala. O cuando menos mediocre. El segundo motivo era todavía más preocupante: la peluquera llevaba uno de los dedos de la mano izquierda envuelto en un esparadrapo, entablillado. No había una puerta trasera desde donde pudiera irrumpir, como en el teatro, la verdadera peluquera, revelando que la del dedo lesionado era en realidad la recepcionista. Además, ¿cómo iba a poder permitirse una peluquería sin clientes emplear a una recepcionista?

Le pregunté, lo más sutilmente que pude, si estaba trabajando *a pesar del accidente*. Di por hecho que se habría torcido, roto o cortado el dedo, y para mí quedaba clarísimo que no estaba en condiciones de ejercer su oficio con propiedad.

—Es una tendinitis —me contestó—, es crónica, no pasa nada.

Me dio pena por un montón de razones. Porque el neoliberalismo había degradado tanto los sistemas de seguridad social que una trabajadora ya no tenía derecho ni a la rehabilitación. Porque presentí que la bretona, meses o años después, cuando la tendinitis se agravara, como el neoliberalismo también había acabado con la jubilación temprana, se iba a ver obligada a cambiar de profesión y me abandonaría. Porque en los pós-

37

ters se veía que la Bretaña francesa era un lugar bonito pero hosco, lo que me hizo recordar mi pueblo de los Altos de Jalisco e identificarme con la peluquera, que se habría marchado de ahí no por necesidad sino por elección.

A todo esto, como para variar yo me había distraído imaginando todo lo anterior, la peluquera ya había extendido una toalla y me estaba llamando desde el mueble donde lavaba el cabello.

Podría haber argumentado que no podía quedarme en ese momento, que tenía un compromiso, que solo había querido aprovechar que pasaba por enfrente para agendar la cita, pero debería haberlo hecho antes. Dejar a la peluquera con la toalla extendida, ignorar su sonrisa infantil, su llamado, *ven, ven,* como si yo fuera un perrito, habría sido una grosería para la que no fui entrenado.

Así que la obedecí.

Durante un rato todo transcurrió más o menos bien, aunque –pequeño detalle– la peluquera parecía tener problemas para sostener las tijeras.

Se puso a contarme que, tal y como anunciaba la decoración, era bretona, había crecido en un pueblito en la costa entre el canal de la Mancha y el mar Céltico.

–¿Tú a qué te dedicas? –me preguntó.

La miré hacer en el espejo.

Manipulaba las tijeras con bastante dificultad, el resultado con toda seguridad iba a ser un desastre. Pensando en que no iba a volver nunca más, preferí mentir.

—Soy ganadero —le contesté.

—¡Oh!, ¡como mi padre! —replicó emocionada—, ¿qué clase de animales crías? Mi padre tiene vacas bretonas, ¿las conoces?, son vacas lecheras, dan muy buena producción.

—No no —me apresuré a rectificar—, era broma. Es que me dedico a una cosa muy complicada de explicar, negocios, inversiones, y con un colega siempre hacemos la broma de responder lo primero que se nos viene a la cabeza.

Vi cómo detenía el torpe movimiento de sus manos por un brevísimo instante para observar mi rostro en el espejo; supuse que estaba relacionando mi respuesta con algo que yo le había contado antes: que era mexicano.

—Perdona —le dije—, no quiero aburrirte.

Cambió de tema abruptamente, confirmando que se estaba imaginando que yo le había mentido para ocultarle que era narcotraficante. También me pareció que su torpeza se incrementaba y que aceleraba el ritmo de los tijeretazos, como si quisiera acabar lo más rápido posible.

Habló del mal tiempo que hacía en la Bretaña, de que la gente era muy conservadora, de los quesos y del viento.

Dejé de prestarle atención porque me puse a recordar la cantidad de leyendas, canciones, poemas, cuentos o novelas en las que se asociaba el viento a la desesperación, la locura, la desesperanza o la pérdida de la razón.

Entonces sentí el golpecito en la cabeza.

Fue casi imperceptible, y tal vez no le habría dado importancia si no le hubiera seguido un grito, una imprecación, un insulto, en francés, o quizá en bretón.

–Lo siento, lo siento –repetía la peluquera, mientras se encaminaba agitada al mueble donde me había lavado el cabello, abría el grifo y ponía la mano izquierda bajo el chorro de agua.

Con una mezcla de miedo y asco, me llevé la mano derecha al cuero cabelludo, a la zona donde creía haber notado el golpecito, y atrapé lo que al principio me figuré que sería un trocito del esparadrapo, pero resultó ser un pedazo de uno de los dedos de la peluquera. Era pequeño, aunque, considerando el tamaño de sus manos, era una porción grande. Lo habría lanzado de inmediato al suelo si no hubiera sido porque me di cuenta a tiempo de que la peluquera iba a necesitarlo para que se lo implantaran de vuelta. Además, dentro de mi cabeza previsualicé el pedacito de carne tirado en el suelo, entre mis cabellos cortados, y la imagen siniestra me puso los pelos de punta.

La peluquera se envolvió toda la mano izquierda con una toalla y volvió a disculparse.

—Voy a tener que ir al médico ahora —me dijo—, lo siento muchísimo.

Solo entonces me observé en el espejo: la peluquera había alcanzado a cortarme nada más el lado derecho del cabello.

Se precipitó a la puerta del local sin darme oportunidad de decir nada. En el camino recogió las llaves y su bolso, apagó las luces y la música de fondo.

—Hay otra peluquería aquí a la vuelta —me sugirió, ya con la puerta abierta, apresurándome—, diles que vas de mi parte, explícales la situación.

Me quité la capa que me había estado protegiendo de la lluvia de mis propios cabellos, me levanté y salí a la banqueta.

—Perdón, perdón —volvió a decir la peluquera antes de precipitarse hacia la esquina, hacia la avenida donde le sería más fácil tomar un taxi.

Tuvo suerte. La vi subirse a uno de inmediato y salir disparada rumbo al hospital, como en las películas.

Todo había pasado rapidísimo, en dos o tres minutos, y yo estaba tan atarantado que hasta que llegué a la otra peluquería no fui consciente de que tenía el trocito de carne de la peluquera atrapado en una pinza que formaba con los dedos gordo e índice de mi mano derecha. Iba a metérmelo instintivamente en el bolsillo del pantalón, pero alcancé a darme cuenta de que no sería higiénico. Observé los comercios de los alrededores, para buscar una solución, y me dirigí a la cruz verde iluminada que anunciaba una farmacia abierta. El trayecto fue tan breve que no alcancé a preparar el diálogo que tendría a continuación con la farmacéutica.

Le expliqué que necesitaba un frasquito y alcohol o alguna sustancia para conservar materia orgánica, formol, algo por el estilo.

Aunque era imposible que desde su lugar la farmacéutica alcanzara a distinguir lo que yo traía entre los dedos, escondí la mano detrás de mi trasero. De todas maneras, ella estaba concentrada en otra cosa: cotejaba las cajas de un pedido que acababa de recibir con la información de las facturas.

—¿Es para micción o heces? —me preguntó sin levantar la vista del mostrador.

—¿Cómo? —contesté, lamentando la deriva que había tomado la escena, recordando que luego había lectores, mi madre, sin ir más lejos, que me reprochaban mi tendencia a lo escatológico.

—El frasco —aclaró la farmacéutica—, ¿para qué lo necesitas?

—No no —dije—, no es para eso, es para...

No supe cómo completar la frase, lo que obligó a la farmacéutica por fin a levantar la mirada.

—Ay, ¡hola! —me dijo—, eres el padre de —y mencionó el nombre del adolescente.

—Hola —le contesté—, perdona, estaba distraído.

Era la madre de una compañera de la secundaria del adolescente, a la que ya le había comprado varias veces los antiácidos para mi reflujo y con la que hacía unos días, al prepararme para la colonoscopia, había analizado las ventajas e inconvenientes de diferentes marcas de purgantes.

—¿Cómo van los libros? —me preguntó—, ¿conseguiste avanzar?

Se refería a que en aquella ocasión me había quejado de que estaba bloqueado. Pero entonces me vio el cabello y su rostro cambió de golpe, de la amabilidad programada a la perplejidad y la desconfianza.

—Sí —dije.

—¿Cómo? —contestó, porque la visión de mi peinado le había borrado la memoria a corto plazo.

—Que ya estoy escribiendo otra vez —le aclaré—, gracias por preguntar.

–Ah –dijo.

Ensayé una sonrisa traviesa en mi papel de escritor del barrio al que, quise creer, le estarían permitidas las extravagancias. Preferí que la farmacéutica se imaginara lo que quisiera antes que meterme en explicaciones que requerirían una construcción tan ardua de la verosimilitud que solo harían que sus hipótesis empeoraran.

–¿Qué me dijiste que necesitabas? –me preguntó.

Por fin pensé en una manera de salir del paso.

–Es que se me cayó una uña y se la tengo que llevar al podólogo para que le hagan un análisis micótico –dije–. Quería un frasquito para guardarla.

Era una explicación asquerosa, pero yo había visto las uñas de la gente de esta ciudad durante el verano, época de chanclas y sandalias; se trataba de un asco, digamos, socialmente admitido. Y si se me había ocurrido esta salida era porque la había utilizado en una de mis novelas, donde había un personaje con una uña amarillenta.

La farmacéutica se metió al almacén y volvió con el frasquito.

No tuve valor para pedirle el formol, que no tenía coherencia con la historia de la uña. Ya vería después qué hacer.

Pagué, me despedí y salí despacio, cojeando

ligeramente con el pie derecho, simulando el dolor en mi uña fantasma.

—¡A cuidarse! —escuché que me gritó la farmacéutica como despedida.

Desenrosqué la tapa del frasquito y deposité el trocito de carne de la bretona dentro. Me puse a pensar en si debería acudir a otra farmacia para comprar el formol. Saqué el celular e hice una búsqueda en internet para averiguar cómo conservar tejidos humanos. Al instante me arrepentí de la torpeza de no haberlo hecho en modo incógnito. Había dejado un rastro incriminatorio en la red digno de asesino en serie. Cerré el navegador de inmediato, antes de alcanzar a leer nada, y decidí que suficiente estaba haciendo con no tirar el dedo a la basura. Volví a la peluquería de la bretona y, ante la imposibilidad de introducir el frasquito por algún resquicio, decidí dejarle un mensaje. Saqué de mi mochila el cuaderno y la pluma que cargo a todas partes supuestamente para anotar ideas para mis novelas. Por más que intenté ser sutil, la nota parecía de secuestrador: tengo tu dedo, llámame, y mi número de teléfono.

En la otra peluquería, la de la queratina, como era de esperarse, no me podían atender, a pesar de la emergencia. Es más, ni siquiera pude terminar de explicar la situación —era un cuento largo, complicado e inverosímil–, porque la peluquera de la queratina me interrumpió para decirme que estaba a medio tratamiento, que le podía quemar el pelo a su clienta, y me abandonó en la banqueta.

Saqué el teléfono y localicé los datos de mi antiguo peluquero. Podría decirse que todavía era mi peluquero, porque el último corte de pelo completo me lo había hecho él, aunque también podría argumentarse que había pasado a ser mi expeluquero desde el momento en que renuncié a él mentalmente y acabé en las manos de la peluquera bretona.

–¿Quién eres? –preguntó, en lugar de saludarme.

Me dolió percatarme de que ya había borrado la agenda de sus antiguos clientes. Esa manera de contestar, además, indicaba que se encontraría ocupado, a mitad de un corte o de un tinte. Le dije mi nombre completo con tono resentido, como de canción ranchera.

–Para pedir hora tienes que llamar al número que te pasé –me explicó después de preguntarme cómo estaba–, este es ahora mi teléfono personal.

–Perdona –me excusé–, pero es una emergencia, ¿puedes hacerme un hueco ahora?

–¿Qué tienes, presentación, fotos, viaje? –me preguntó, recordando las excusas que yo solía utilizar en nuestra anterior etapa de cliente y peluquero para conseguir cita lo más pronto posible.

—Es muy largo de explicar —le contesté.

Le conté solamente que había ido con la peluquera bretona —no la llamé así, mencioné la calle donde tenía el local— y que me había dejado el corte a la mitad.

—¿Cómo a la mitad? —preguntó.

Se rió a carcajadas cuando terminé la explicación.

No paraba.

—Tienes que contármelo todo —dijo—. ¿Cuánto tardas en llegar?

Pensé que lo mejor sería tomar un taxi.

—Veinte minutos —respondí, calculando.

—Aquí te espero —dijo—, aunque igual no te puedo atender de inmediato. Te cuelo en cuanto pueda.

En el taxi, estuve a punto de mandarle un mensaje a la brasileira para contarle la aventura en la que me había metido. Pero me arrepentí a tiempo: era mejor reservarla para la noche, cuando nos encontráramos en casa.

—¿Un día difícil? —me preguntó el taxista, exactamente como hacen los taxistas en las películas cuando ven algo extraño por el espejo retrovisor.

Hice un ademán señalándome los oídos, como si estuviera en medio de una llamada, pero no tenía los audífonos puestos, así que pareció que le decía que no entendía su idioma, que estaba sordo o, más probablemente –dado que le había indicado la dirección a la que iba y hasta le había sugerido la ruta–, que estaba loco o era idiota. Como sea, funcionó, porque no volvió a dirigirme la palabra.

La peluquería en la que ahora trabajaba mi expeluquero era una franquicia de una cadena con locales en varios países de Europa. En la sala de espera me ofrecieron una variedad de bebidas más amplia que la de la mayoría de los bares. La recepcionista tenía tatuado un cerezo de aspecto japonés en el brazo izquierdo y en una de las aletas de la nariz llevaba un piercing muy bonito.

Le pedí una cerveza.

–Me encanta tu corte –me dijo, cuando me la trajo.

Me bebí la cerveza hojeando una revista donde parecía que probaban tipografías más que preocuparse por los contenidos. El viejo problema entre forma y fondo.

Un rato después apareció mi expeluquero. Se detuvo en el umbral de la puerta que daba acceso al interior del salón para observarme de lejos. Se llevó la mano a la boca, como para simular sorpresa u ocultar su sonrisa.

–*Bueno, bueno, bueno* –canturreó.

Me incorporé.

—Pasa pasa —me ordenó, enérgico y sin pausa, como si defendiera la ausencia de la coma ante el corrector de estilo.

El salón tenía una iluminación diferente a la de la recepción, menos amarilla, más blanca, menos brillante, más opaca. A cada lado del local había una hilera de sillones con sus respectivas parejas de peluqueros y clientes. Cuatro sillones de un lado y cuatro del otro. Al fondo estaban los muebles para lavar el cabello, hacia donde nos encaminamos. Y en un rincón había un DJ pinchando la música que salía, a volumen moderado, por las bocinas colocadas estratégicamente por todo el salón.

—No te creas que es siempre así —se apresuró a aclararme mi expeluquero, señalando al DJ—, solo los viernes y los sábados.

Yo ni siquiera había recapacitado en que era viernes, ni lo había consignado todavía en este relato.

—No hace falta que me laves el pelo —le dije a mi expeluquero, pensando en que la bretona me lo había lavado.

—Prefiero hacerlo —me contestó.

Era un peluquero maniático, metódico, obsesivo. Entre otras cosas, por eso había sido mi peluquero tantos años.

Me senté en el sillón y recliné la cabeza hacia atrás, encajando el cuello en el hueco del lavabo. Mi expeluquero fue estirando mechones de mi cabello como si los midiera o los comparara con algo que estuviera en su memoria, una imagen idealizada: mi cabello cuando él me lo cortaba, una ilustración vista en sus años de estudiante en la academia de peluquería.

—Madre mía —exclamó.

No le contesté nada. Siempre me incomodó hablar durante el lavado de cabello, con la sensación de la tortícolis inminente, los dientes expuestos de forma impúdica.

En el momento en que mi expeluquero empezó a masajearme el cráneo con sus dedos puntiagudos recuperé la calma y la fe en la humanidad. Todo iba a estar bien, mi expeluquero volvía a ser otra vez mi peluquero.

Cumplimos el trámite del lavado en silencio y nos trasladamos al sillón de corte.

Mi peluquero fue haciendo sin necesidad de que yo le especificara nada sobre mis expectativas o deseos. Había mantenido el mismo peinado durante los quince años que había sido mi peluquero, con dos variantes: un poco más largo en épocas de frío, un poco más corto en épocas de calor.

—Voy a intentar emparejártelo —fue lo único que me aclaró.

Me puse a contarle lo que me había sucedido, ensayando el tono y el punto de vista con los que luego habría de relatarlo aquí, en las páginas anteriores. Exagerando un poquito. Tratando de administrar cierta dosis de suspenso e intriga. Y mostrándole al final, como evidencia, el frasquito con el pedazo de dedo de la peluquera bretona.

–¡Qué asco! –gritó–, ¡guarda eso!

Sin embargo, el resto de los peluqueros se interesaron por la pieza macabra y el frasquito pasó de mano en mano haciendo una gira por todo el salón de belleza.

–No me extraña –dijo entonces mi peluquero, enigmáticamente.

Esperé a que completara su afirmación, pero se quedó callado. Yo sabía lo que estaba pasando, lo conocía muy bien: él no iba a contarme nada por iniciativa propia, eso –según él– sería una indiscreción imperdonable; en cambio, si yo le insistía, la moralidad de su delación cambiaría, la falta se atenuaría.

–¿La conoces bien? –le pregunté, para animarlo.

–Uy si la conozco –contestó–. Si querías otro peluquero en el barrio tendrías que haberme preguntado antes. Tampoco vayas a ir con las de la queratina, son unas ladronas. Y hacen el trata-

miento brasileño, no sé cómo se los permiten, es
cancerígeno, deberían clausurarles.

—Pero ¿qué pasa con la bretona? —insistí para
que no se desviara del tema, ahora sí identifican-
do a la peluquera por su lugar de origen.

Descansó sus dedos en mi cráneo, detenien-
do la actividad de las tijeras.

—Esto no se lo puedes contar a nadie —me
advirtió.

—Claro —le respondí.

—Y no vayas a escribirlo, que te conozco.

—¡Cómo crees! —contesté, indignado.

Aunque no confiaba en mi promesa, igualmente se puso a contarme la historia de la peluquera bretona, y, la verdad, es una lástima que no
pueda consignarla aquí, porque era bastante pin-
toresca, incluso ridícula, muy divertida.

—El resto está en los periódicos —dijo mi peluquero cuando concluyó.

—No te lo crees ni tú —le dije, riéndome, seguro de que me estaba tomando el pelo.

—Míralo en tu teléfono —me desafió—, te dic-
to su nombre.

Clavé la mirada en el espejo, en el sitio donde se reflejaban los ojos de mi peluquero. Parecía
sincero.

—Anda —insistió.

Saqué el celular del bolsillo de mi pantalón.

Mi peluquero deletreó el nombre de la peluquera bretona. La noticia apareció.

Era de hacía cuatro años y había sido publicada tanto en los periódicos regionales de la Bretaña como en algunos nacionales.

—Por cierto —dijo mi peluquero—, ¿has visto que abrieron uno de esos locales en el barrio? En otros países son muy comunes, no solo en Francia, aquí apenas empiezan.

—¿Un salón de despiojamiento? —respondí, leyendo todavía la noticia, traduciéndola dentro de mi cabeza con mi pésimo francés.

—*Adiós bichitos,* se llama —contestó.

Hice un chasquido con la lengua como si estuviera en desacuerdo con las tendencias comerciales del momento y con la extinción de la coma vocativa, aunque en realidad lo que me molestaba era que mi peluquero me cambiara de tema para quitarle importancia a lo que me había contado sobre la peluquera bretona.

—Si me enteré de todo esto fue porque me pidió trabajo —se apresuró a decir, intuyendo mi disgusto—. Cuando llegó a vivir a Barcelona, anduvo dejando currículums por todos lados. Pero ahí se quitaba uno de los nombres, nada tonta. Por aquella época empecé con la lumbalgia, ¿te acuerdas?, fue antes de que me operaran. Y pensé en contratarla para que hiciera sustituciones, para descargarme de trabajo algunos días. Le pedí la documentación y cuando vi que el nombre no coincidía con el del currículum la busqué en internet.

—¿Y no la contrataste? —le pregunté.

—Hombre, claro que no —me dijo—, tenía antecedentes penales. Supongo que le debe de haber pasado lo mismo en todas las peluquerías, porque luego acabó abriendo el salón, alquiló el local cuando se jubilaron los de los perros, porque ahí antes era peluquería de perros, no sabes qué peste.

Nos quedamos un rato callados mientras mi peluquero me pasaba la secadora. Luego me dijo algo que no entendí por el ruido.

—¿Cómo? —le pregunté.

Hizo una pausa en el secado.

—Que te ha quedado peinado de niño —contestó.

Para poder emparejarme el cabello, mi peluquero había terminado cortándomelo mucho más de lo habitual y ahora llevaba el tipo de corte que piden los padres tacaños para sus hijos, para ahorrarse volver pronto.

—Voy a decirte una cosa —me dijo, mientras me limpiaba con un cepillo los cabellos que se me habían quedado pegados a la nunca—, no me gusta ser malpensado, pero la bretona trama algo.

Levanté las cejas para darles rienda suelta a sus sospechas.

–Lo típico, la picaresca –siguió–, a lo mejor quiere la incapacidad permanente, ¿sabes?, que la jubilen ya y que el Estado le pague.

–¿Crees que simuló el accidente? –le pregunté.

–Simularlo no sé, pero pudo ser provocado.

–Me pareció bastante verosímil –le dije.

–La peluquería está siempre vacía –añadió, mostrándome, con asco, el frasquito que acababa de volver a sus manos–. Esa mujer es de cuidado. A ver si no te llaman de testigo. Tú tienes la evidencia.

Dejé a mi peluquero en el salón y salí a pagar. La recepcionista no se preocupó de ocultar su decepción con mi cambio de peinado.

–¿Nuevo trabajo? –me preguntó.

Le contesté que no entendía.

–Es increíble que en pleno siglo veintiuno se sigan permitiendo estas discriminaciones –dijo, dando por hecho que, más que no entender, me daba vergüenza aceptar la verdad–. A mi novia en una entrevista le dijeron que si la contrataban tendría que llevar manga larga para ocultar los tatuajes. Por supuesto los denunció.

Dudé en si debería sacarla del error, pero preferí hacerme la víctima del sistema a que mi explicación le hiciera sospechar que era yo el que me había echado en los brazos tibios de la madurez y el aburguesamiento.

—Necesito mucho el trabajo —dije, con cara de perrito abandonado.

—Igual me gusta el punto irónico que elegiste —replicó—, como de niño bien portado. ¿Cómo dicen?, ¿bofetada con guante blanco?

Sonreí mientras pasaba la tarjeta de crédito por encima de la terminal de cobro para que el capitalismo hiciera su brujería.

—¿De qué es el trabajo? —me preguntó la recepcionista.

Cavilé un segundo, descartando las profesiones que ya me habían complicado la vida aquel día.

—Una clínica de gastroenterología —dije.

—¿Eres enfermero, celador?

—No no, voy a trabajar en administración, trámites de aseguradoras, facturación, justificantes, esas cosas.

—Pues que te vaya muy bien —me deseó la recepcionista, demostrando su solidaridad con la clase trabajadora.

—Gracias —le respondí.

En la calle consulté el mapa en el teléfono para decidir cómo volver al estudio. Era casi la hora de la comida, pero sentía la necesidad tiránica de volver al estudio para ponerme a escribir todo lo que me había sucedido antes de que se me fueran perdiendo los detalles; luego podría comer algo por los alrededores y recoger después a la niña en la escuela.

Era un viaje largo y, como ya dije, tenía muy mala conexión de transporte público, iba a tener que cambiar de línea de metro. Afortunadamente, conseguí asiento en el vagón y pude ponerme a tomar apuntes en mi cuaderno –elementos que iba a emplear en las páginas anteriores–. Me concentré tanto que me pasé de estación. Bajé en la siguiente, rehíce el camino, esperé la conexión, y cuando estuve instalado en el vagón correcto, sentado, seguí escribiendo sin parar, salí del metro y me fui rápido al estudio, grabé un par de notas de audio mientras caminaba, cosas que se me iban ocurriendo y que no quería que se diluyeran en el caldo viscoso de mi memoria a corto plazo.

Mi estómago rugía intentando llamar mi atención, y aunque el gastroenterólogo me había advertido que lo peor era malpasarse, dejar el estómago vacío, permitir que los ácidos surgieran, brotaran, borbotearan y subieran libremente hacia mi cardias abierto, seguí escribiendo un rato más, en trance, con el frasquito con el dedo de la bretona frente a mi vista, como fuente de inspiración. Solo me detuve ante las señales inequívocas del cansancio: la aparición de las frases hechas, las imágenes obvias, las metáforas trilladas, las formas que adquiere el lugar común.

Aparté el cuaderno y la pluma, calculando si tendría tiempo para transcribir en la computadora lo escrito cuando volviera de comer, antes de recoger a la niña, y revisé el celular mientras me preparaba para salir.

En un mensaje, la brasileira me pedía que le confirmara si iríamos a la plaza, me decía que ella podría alcanzarnos cuando terminara en la oficina; le contesté que seguramente sí, era viernes, la rutina de la felicidad obligaba. Luego vi que tenía dos llamadas perdidas; una de hacía más o menos una hora y otra de apenas veinte minutos antes, del tiempo en que yo había estado embebido, o más bien embobado, o embotado, escribiendo, con el teléfono silenciado.

Eran de una vecina, una señora mayor, jubilada. No le habría devuelto la llamada en ese momento, pero era la presidenta de la comunidad y yo era el vicepresidente, y por esos días teníamos un conflicto por el ruido que hacía un vecino alemán que estaba de obras permanentemente, como si anduviera construyendo la Sagrada Familia. Le marqué y me precipité a la calle, ahora sí hambriento, rumbo a mi restaurante mexicano de confianza; me lo merecía, era mi premio de buen perrito por sobrevivir a la aventura y, por si fuera poco, por haberla convertido en una buena mañana de escritura.

—Hay un fan tuyo por aquí rondando —me dijo la vecina luego de que le pidiera disculpas por no haberle contestado las llamadas.

—¿Cómo? —le pregunté.

—Salí a pasear a la perra y se me acercó a preguntarme por ti —me dijo—; bueno, quería saber si yo conocía a un escritor mexicano que vivía por aquí. Creo que es de tu tierra —añadió—, aunque yo me confundo con los acentos sudamericanos.

—¿Te dijo algo más?

—Nada, se puso contento cuando le pregunté si se refería a ti, dijo que te iba a esperar, ¿hice mal?

—No no, no pasa nada.

—Lleva aquí un buen rato, recargado al lado de la puerta, yo le dije que no siempre venías a comer, ¿quieres que le diga algo?

Me puse a pensar en cómo se habría enterado de mi dirección, aunque concluí que tampoco era tan difícil deducirlo si de verdad era un buen lector de mis libros, si les había puesto atención —¿quizá era un estudiante de doctorado que hacía su tesis sobre mi obra?— y, sobre todo, si me seguía en redes sociales y analizaba mis fotos y publicaciones. Conforme escuchaba a mi vecina y me aproximaba al restaurante, un calorcito se fue extendiendo por mi esternón, era vanidad, me había puesto contento. Me imaginé al lector esperándome estoicamente, soportando el sol y la peste de los contenedores de basura que llevamos años pidiendo al ayuntamiento que retire de enfrente de nuestro edificio, cargando heroicamente mis libros para que se los firmara, eran seis en total, siete si traía también la novela infantil, ya pesaban lo suyo.

Le pedí a la vecina que le diera el nombre del restaurante mexicano y que le dijera que ahí lo esperaba, que no quedaba lejos, en tal calle.

–Dile por favor que yo lo invito –añadí, magnánimo, y me arrepentí en el acto, porque otra de las discusiones de la comunidad era una derrama extraordinaria para instalar elevador en la finca, a lo que la brasileira y yo nos habíamos estado oponiendo porque desequilibraría nuestras finanzas.

Entré al restaurante como a la cocina de mi casa. Hacía siete años que lo frecuentaba, desde que habíamos vuelto de Brasil y me había enterado de que mi anterior restaurante mexicano de confianza había cerrado en mi ausencia. Conocía bien al dueño –que era el jefe de cocina–, a su hermana –que se encargaba de los meseros y de la caja–, y me había ganado su consideración al recomendar el restaurante en un par de entrevistas que se habían publicado en periódicos de la ciudad. También solía llevar ahí a mis alumnos de los talleres literarios el último día del curso, para celebrar y despedirnos.

Pero ese día no me recibió la hermana del dueño, ni el dueño estaba en la cocina. Un familiar había fallecido en México; acababan de darles la noticia, se habían ido unos minutos antes de que yo llegara. Me lo explicó la mesera —una chica muy joven, catalana, a juzgar por el acento—, ante mi insistencia en preguntar por ellos, según esto para saludarlos, aunque en realidad era algo que solía hacer para asegurarme de que me dieran de comer bien, es decir, de que me dieran un trato privilegiado; era una actitud nefasta —resabio de un sistema sofisticadísimo de fórmulas de cortesía con el que las clases altas mexicanas transforman la corrupción y el nepotismo en norma de etiqueta—, pero moralmente irreprochable cuando se trata de comer bien.

—¿Quién está hoy en la cocina? —le pregunté a la mesera catalana, en un último intento por salvar la situación.

Mencionó dos nombres que no me sonaron de nada y desde la mesa que me había asignado lancé una mirada hacia allá, hacia la cocina, para ver si reconocía los rostros. Pero nada.

—¿Quiere que le traiga algo ahora o prefiere esperar? —me preguntó la mesera catalana, porque yo le había pedido mesa para dos.

Ordené una Modelo Especial y le dije que esperaría.

—¿Me puedes traer unos totopos por mientras? —añadí—. Me estoy muriendo de hambre.

—¿Unos qué?

Se suponía que si uno vivía en el extranjero e iba a un restaurante mexicano era, entre otras cosas, para no tener que usar notas a pie de página por un rato, pero bueno, también era importante que los aborígenes conocieran nuestros usos y costumbres y era nuestro deber hacer patria a través de la pedagogía culinaria.

—Unos nachos —le expliqué.

—¿Con guacamole o con frijoles? —me preguntó.

—No no —dije, sobreactuando; realmente eso de no pronunciar las comas se me estaba volviendo vicio—, solo los nachos, sin nada.

La mesera catalana miró de reojo la carta que había depositado sobre la mesa, dudando. Le expliqué que no estaban en el menú, pero que era como si me trajera un poco de pan antes de la comida, que era exactamente eso.

—Voy a consultarlo —dijo.

Suspiré tristísimo.

Pasaron unos minutos, la mesera catalana me trajo la cerveza y las explicaciones de que no podía servirme los totopos porque no estaban los jefes; ordené entonces un guacamole, y poco a poco, con los primeros tragos de cerveza, el efecto endorfínico del aguacate, y la expectativa de la llegada de mi lector, me fui poniendo sentimental.

Hacía más de treinta años que había empezado a escribir, en la adolescencia, y durante todos esos años mi vida había dado un montón de vueltas: me había equivocado de carrera, había abandonado mi primera profesión, había vuelto a la universidad a estudiar letras, luego había venido a Barcelona para el doctorado, había abandonado el doctorado, y durante todo ese tiempo lo único que no había abandonado era la escritura, había seguido escribiendo con una fe y un amor por la literatura que ahora me parecían inverosímiles. Pero no habían sido ilusiones vanas, había conseguido escribir mis libros y, lo más insólito, ¡los había publicado y tenía lectores!, de carne y hueso, reales, salud, Juan Pablo del pasado, pensé, dándole un largo trago a la Modelo Especial, y justo en ese momento, exhibiendo sus numerosos músculos en una camiseta apretadísima, entró al restaurante el ecuatoriano.

Tardó en reconocerme, parecía dudar que yo era yo, pero vi a lo lejos que la mesera catalana se lo confirmaba apuntando con su brazo derecho extendido hacia la mesa donde me encontraba.

Atravesó el restaurante con determinación, el lugar era pequeño, yo no tenía escapatoria.

–¿Qué te pasó? –me preguntó, en vez de saludarme, refiriéndose a mi cabello.

–Es una larga historia –le contesté.

El ecuatoriano jaló la silla que estaba frente a la mía y, sin pedir permiso ni consultarme, se sentó. Olía fuerte, a sudor reconcentrado, a hombre de experiencia, a personaje de acción.

–Qué bueno que me pudiste localizar –le dije, entre irónico y cobarde, ocultando mi decepción e intentando desactivar su probable, posible, hipotética y muy factible agresividad.

Lo vi sacar el celular del bolsillo del pantalón y depositarlo en la mesa, apartar el servilletero del centro hacia la orilla, como si necesitara espacio para maniobrar, vía libre para que sus brazos musculosos me alcanzaran.

–¿En qué te puedo ayudar? –le pregunté.

–El curso es muy caro –me contestó–, pero me enteré de que das unos talleres. ¿Cuánto cuestan los talleres?

–¿Cómo me encontraste? –le pregunté.

–Viendo tu Twitter –respondió.

Una parte de mí, la parte equilibrada que había logrado fortalecer mediante el psicoanálisis, la que había contribuido a combatir mi paranoia y a disminuir mis ataques hipocondríacos, me aconsejaba que charlara con él, que con unos consejos y, si acaso, la lectura y revisión de unas cuantas páginas no solo me lo quitaría de encima, sino que le daría la vuelta a la situación. Otra parte me susurraba que llamara a la policía, pero ¿a quién hay que llamar en casos de acoso literario?, ¿a los *mossos,* la guardia urbana, la policía nacional? Y además quedaba la parte que tendría que hacerse cargo de amortiguar la caída desde lo alto de mi ego de escritor; me había despeñado sin red de protección, sin ironías, me lo tenía merecido por dejarme llevar por la sensiblería. Pero ese ajuste de cuentas se resolvería más tarde, seguramente sin que yo me percatara, en uno de esos sueños en los que estaba frente al público hablando de literatura y de pronto se me caían los dientes.

—¿Quieres comer? —le pregunté—. Te invito. Yo voy a pedir, me estoy muriendo de hambre.

Una vez que la mesera catalana nos tomó la orden, le dije al ecuatoriano que me contara de su libro.

—¿Que te cuente qué? —preguntó, con desconfianza, al parecer durante la espera afuera de mi departamento había ido acumulando, además de sudor, una sensación de agravio.

—De qué se trata, me dijiste que es de tus experiencias, que has vivido cosas muy duras, explícame más.

Nos quedamos en silencio un buen rato, como poniéndonos a prueba o, más bien, como si el ecuatoriano me estuviera poniendo a prueba a mí. Por supuesto, perdí.

—Te propongo una cosa —le dije, para tratar de suavizar la tensión—; mándame el manuscrito y le echo un ojo, luego podemos volver a platicar.

—¿Qué manuscrito?

—El de tu libro.

—Todavía no me pongo a escribir, por eso quiero ir al taller.

—Así no funcionan los talleres. Ahí no escribimos. Ahí leemos, revisamos, comentamos, reescribimos. Además, mis talleres están llenos. Pero con mucho gusto leo lo que me mandes y platicamos.

Otra vez volvimos a callarnos, y esta vez me propuse aguantar, que fuera él quien se viera obligado a romper el silencio; pero el ecuatoriano estaba entretenido con el teléfono, enviaba mensajes y miraba fijamente la pantalla, como si esperara algo.

Me puse a pensar en por qué querría escribir, era algo en lo que reflexionaba a menudo, en por qué tanta gente tan heterogénea, tan alejada aparentemente de la literatura, creía que quería escribir. El deseo de escribir, qué impulso más irracional, como el amor, e igualmente, como en la consumación del amor, al escribir el resultado era casi siempre una decepción, aquello que se intuía resultaba imposible de plasmar; cuando mucho, la búsqueda devenía hallazgo, un estilo que terminaba por convertirse en fórmula, saciedad, repetición, literatura convencional, complaciente consigo misma, como el amor pequeñoburgués; quizá en el fondo el único amor genuino por la literatura fuera el que mantenía el deseo de escribir sin consumarlo, quizá la verdadera prueba de amor por la literatura fuera negarse a escribir, elegir permanecer enamorado de la literatura antes que convertirse en escritor.

La mesera catalana acababa de traernos la comida cuando sonó el teléfono del ecuatoriano y no solo lo contestó, sino que activó la cámara de videollamada.

—¡Hola, cariño! —dijo, sonriendo a la pantalla.

—¿Dónde estás? —contestó la uruguasha.

—Estoy con el escritor mexicano del otro día, ¿te acuerdas?, me va a ayudar a escribir mi libro, me voy a inscribir a su taller, me está dando unos consejos buenísimos. Espera, que te lo pongo para que lo saludes.

Giró la pantalla del celular y me costó reconocer a la mujer de la librería, quizá porque en aquella ocasión su cara era de cansancio y ahora parecía de exasperación.

—Hola —dije, escondiendo el taco de cochinita pibil que me iba a empezar a comer y devolviéndolo al plato.

—¿A qué hora volvés? —preguntó la uruguasha, ignorándome.

El ecuatoriano desconectó la cámara y el altavoz y le dijo que estaríamos toda la tarde trabajando en el manuscrito, que teníamos un montón por revisar, y que luego había que reescribir, y volver a leer, que escribir un libro era mucho más difícil de lo que se había imaginado.

—Yo te voy avisando —dijo—, pero antes de las diez imposible.

Se pusieron entonces a discutir sobre el horario en el que el ecuatoriano volvería a casa y era fácil darse cuenta de que era una pelea rutinaria.

Aproveché el paréntesis para concentrarme en mi plato. Bajé la vista y contemplé los cuatro tacos, el color cálido del achiote, la cebolla morada que los coronaba; formé una pinza con los dedos y levanté el primer taco hacia mi boca. ¿Cuántas veces a lo largo de mi vida había realizado ese movimiento? Desgraciadamente, muchas menos de las que me habría gustado, por haberme ido de México hacía tantos años. Pero ahora no era momento de lamentarse, el taco ya me rozaba los labios, incliné la cabeza hacia la izquierda para preparar la quijada, abrí la boca y mordí con gula, con ilusión, con añoranza. Al masticar la mezcla de tortilla, cerdo, achiote, naranja, limón, vinagre, orégano y chile habanero me estremecí; me había invadido un placer delicioso que me volvía indiferente a las vicisitudes de la vida, a sus desastres inofensivos: todo estaba bien, el cocinero suplente era un buen aprendiz, todo iba a estar bien.

El ecuatoriano le prometió a la uruguasha que intentaría llegar a las nueve y por fin colgó.

–Así que le dices que te vas a escribir, pero no te vas a escribir –dije–, ¿adónde te vas?

Se guardó el teléfono en el bolsillo del pantalón y miró su comida acongojado: la acumulación barroca de tacos dorados con lechuga, guacamole, crema y salsa parecía agobiarlo, como si de pronto cayera en cuenta de que iba a tener que hacer unas maniobras complicadísimas para evitar embarrarse la cara y ensuciarse la ropa, una tarea imposible, una broma macabra que yo le había hecho al recomendarle que pidiera ese plato.

–¿Cuánto cuesta el taller? –replicó–, yo te lo pago y tú y yo quedamos en que los viernes y los sábados nos tenemos que reunir para el taller. ¿Qué te parece? Necesito que me eches una mano.

–Necesitas que sea tu coartada, más bien –le contesté.

–No es lo que te imaginas –dijo.

—¿Y qué crees que me imagino? —le pregunté.

—¿Qué crees tú que me estoy imaginando que te imaginas? —me contrapreguntó.

—Que tienes una amante —le dije.

—¿Y no?

—No, no me estoy imaginando eso.

—¿Entonces?

—Que tienes miedo de ser padre y estás haciendo algo para intentar sobreponerte, no sé, quizá un segundo trabajo, un curso de capacitación para lograr un ascenso, algo que te da vergüenza contarle a tu esposa, una mentira piadosa que con el tiempo se ha ido haciendo más grande.

—No tengo miedo —contestó.

—¿Cuánto tiempo llevas así?

—Unos meses —dijo.

—¿Y adónde se supone que te ibas a escribir?, ¿adónde se van los escritores, según tú?

—Le decía que me iba a la biblioteca, para concentrarme, pero ya no me cree, un día me fue a buscar, ya sabes.

Hice un pausa para comerme otro taco, antes de que se enfriaran.

—Es normal tener miedo —le dije, luego de quitarme con la lengua un trocito de cebolla de entre los dientes.

—No tengo miedo —volvió a decir, tajante.

—Vale, vale, perdona, es una proyección, yo

sí tenía miedo de ser padre; de hecho, así escribí mi primera novela, cuando iba a nacer mi primer hijo, pero claro, yo sí quería escribir un libro.

Finalmente, el ecuatoriano se decidió a acometer el plato; levantó el tenedor y el cuchillo de la mesa, pero lo amonesté de inmediato.

—Con las manos —le ordené.

Me obedeció, plegándose a mi superioridad folclórica.

—Sin miedo —añadí, como si además de los tacos dorados hablara también de su próxima paternidad y del secreto que nos ocultaba a la uruguasha y a mí.

En pocos segundos, el plato se volvió un batidillo repugnante, la crema goteaba de las comisuras de los labios del ecuatoriano y porciones de guacamole se le habían quedado embarradas en la nariz y en los cachetes.

—¿Están buenos? —le pregunté.

Me contestó que sí con un movimiento de la cabeza.

—Te lo dije —dije.

Terminamos de comer en silencio.

—¿Y qué se supone que tengo que hacer? —pregunté, después de que la mesera catalana se llevara los platos vacíos y le pidiéramos café—, ¿mandarle la lista de asistencia del taller a tu esposa para que te crea?

En lugar de responder, se puso a contarme la historia de su vida. Era una historia conmovedora, de superación personal, dramática, a veces demasiado, con la inverosimilitud típica de quienes han usado las telenovelas como modelo narrativo para interpretar su vida. Había un detalle curioso: el ecuatoriano siempre había trabajado de vigilante, de guardia de seguridad; primero en Ecuador, luego en Argentina, donde había vivido por un tiempo y donde había conocido a su esposa, que resultó no ser uruguasha, sino de Mar del Plata, y luego en Terrassa, en Badalona y en Barcelona.

–¿Tú leíste a Bolaño? –le pregunté cuando terminó.

Me dijo que no sabía quién era.

–Me acordé de él porque trabajó de vigilante en un cámping.

–Es un favor –me dijo, retomando su petición y desdeñando mis conocimientos intertextuales–, échame una mano.

Verifiqué la hora en el celular; se había hecho tarde y no iba a alcanzar a pasar al estudio para transcribir a la computadora lo que había escrito, iba a tener que ir directo a recoger a la niña. Llamé a la mesera catalana y le pedí la cuenta.

–¿Qué quieres que haga? –le pregunté.

Se animó de golpe, como si el hecho de que mi pregunta fuera resolutiva, pragmática, significara que ya había aceptado ayudarlo. Y de hecho así era, el ecuatoriano me había ablandado con su historia –y también las dos Modelo Especial y la sangre que se había concentrado en mi aparato digestivo estaban cumpliendo su labor apaciguadora.

Quería que nos tomáramos varias fotos juntos para que él pudiera enviárselas a la uruguasha, que no era uruguaya, los días que le dijera que se iba al taller, como prueba de que había estado conmigo. Prometió que si ella descubría el engaño le diría que yo no tenía idea de nada, que él me había pedido las fotos para presumir en redes sociales.

–¿Y qué vas a hacer cuando todo termine? –le pregunté–, ¿de dónde vas a sacar un libro?

–Un problema cada vez –respondió–, partido a partido –añadió, como entrenador de futbol.

Intenté mirarlo profundamente a los ojos.

–Hazlo por la hermandad latina –me dijo.

–Querrás decir la hermandad patriarcal –contesté.

–¿Cómo?

–Nada, estaba pensando en que esto no le va a gustar nada a mi pareja.

–Pues no se lo cuentes.

–¿Tú tampoco vas a contarme de qué se trata todo esto? Es lo mínimo que debes hacer, si de veras quieres que te ayude.

–No es nada ilegal –dijo–, te lo juro.

—Te creo —dije, y de verdad lo creía.

Pagué, le pedí a la mesera catalana que le mandara saludos al dueño del restaurante y a la hermana, mientras el ecuatoriano se entretenía con el teléfono.

—Espera —me dijo, cuando arrastré la silla hacia atrás, empezando a incorporarme.

Me explicó que necesitaba cambiar los ajustes de la cámara para que las imágenes no guardaran la información de la fecha y ubicación en que habían sido tomadas las fotos.

—Oye —le dije, serio, incluso solemne—, me gustaría ayudarte, pero no quiero meterme en problemas o, sin deberla ni temerla, contribuir con algo en lo que no esté de acuerdo. Tienes que contarme qué está pasando.

El ecuatoriano finalizó sus labores de ingeniería picaresca y se me quedó mirando fijamente a los ojos.

—Te lo voy a contar, pero no puedes contárselo a nadie —dijo—, y mucho menos vayas a escribirlo. Un amigo dice que no le puedes contar nada a un escritor porque acaba en un libro.

—¿Tu amigo es escritor? —le pregunté.

—No —contestó—, pero tiene un cuñado que escribe y ya se peleó con toda la familia, nadie abre la boca en su presencia.

—Yo escribo de otras cosas —me defendí.

–¿De qué cosas?, ¿de qué se tratan tus libros?

No alcancé a determinar si el descaro del ecuatoriano me ofendió o me puso triste. Mi supuesto lector, mi fan, ni siquiera se había tomado la molestia de leer alguno de mis cuentos o crónicas que podían encontrarse fácilmente en internet, tampoco se le había pasado por la cabeza hacer el esfuerzo de descargar ilegalmente alguna de mis novelas, ya no de comprarla.

–No sé –le dije–, de mis cosas, de cosas que me pasan a mí.

–¿Y esto no te está pasando a ti?

–Es un mal ejemplo; lo que quiero decir es que puedes estar tranquilo, yo no soy ese tipo de escritor.

A continuación, le repetí la monserga que le había endilgado en la librería: que yo no creía en la *literatura de la experiencia,* que lo mío era la *literatura de la imaginación,* etcétera.

–Pero acabas de decirme que escribes de cosas que te pasan a ti –me interrumpió, advirtiendo la contradicción en mis argumentos.

–Son cosas que pasan en mi cabeza, en mi interior –expliqué–. Y las que suceden afuera, en la realidad exterior, las modifico para convertirlas en literatura, porque no hay literatura ya lista en la realidad, al menos no el tipo de literatura que a mí me gusta.

No estoy seguro de haberlo convencido, pero lo que sí había logrado era vencerlo por agotamiento, porque entonces, con tal de que me callara, el ecuatoriano finalmente me desveló su secreto. ████████████████████████████

████████████████████████████████
████████████████████████████████
████████████████████████████████
████████████████████████████████
████████████████████████████████
████████████████████████████████
████████████████████████████████
████████████████████████████████
███████.

—Deberías contárselo a tu esposa —le aconsejé—, estoy seguro de que lo va a entender.

—Solo si todo sale bien —respondió—; necesito tiempo, dos meses, máximo tres.

—Pero ella sospecha que tú estás haciendo algo malo y en realidad lo que estás haciendo es casi heroico, como de personaje de otra época —le dije.

—¿Personaje?

—Persona, perdón.

Miré la hora en el celular. Las cuatro y diez. Me quedaba media hora antes de salir corriendo a recoger a la niña al colegio. Devolví la vista al cuaderno y aceleré.

—Hacemos una foto aquí y luego salimos a buscar otros lugares —me dijo.

76

Nos levantamos y caminamos hacia la salida del restaurante.

—Traigo cambios de ropa —dijo, enseñándome su mochila.

Se me escapó una carcajada ante tamaña desfachatez.

—¿Y el pelo? —le pregunté.

Me contestó que eso lo arreglaríamos con unos selfies en los que yo saliera en primer plano con el rostro cortado, que iría alternando el uso de las fotos; lo tenía todo pensado.

Tuve que cubrirme la vista al irrumpir en la calle, furiosamente iluminada en comparación con las luces mate del restaurante.

—No me has dicho cuánto cuesta el taller —dijo—; cuánto va a costarme esto —aclaró, como si fuera necesario.

—Voy a pensarlo —le respondí, bromeando—, siempre es bueno contar con un amigo musculoso que haya tenido experiencias duras en la vida.

—Cuenta conmigo —dijo, contento.

Cuarenta minutos más tarde, en la puerta del colegio, le di a la niña un paquete de galletas y nos encaminamos a la plaza, donde sus amigas ya estaban jugando *sin ella*. Había sido uno de los últimos padres en aparecer —el ecuatoriano había tardado más de lo prometido, obsesionado con la verosimilitud de las fotos—; la niña me había tenido que esperar hasta el minuto previo a ser enviada al servicio de permanencias, lo que solía enfurruñarla, como si sospechara que yo había planeado abandonarla pero me había arrepentido en el último segundo.

–Llegaste tarde –me dijo, mientras se peleaba con el envoltorio de las galletas, diseñado a prueba de sus principales consumidores.

–No –le contesté.

–Sí –replicó.

–La puerta todavía estaba abierta –sentencié, para zanjar el tema.

Era casi un milagro que hubiera llegado ahí a las cuatro cincuenta y nueve de la tarde, luego de todas las peripecias que me habían acontecido aquel día.

–Perdona –le dije a la niña, en tono conciliador–, tengo mucho trabajo.

Me acordé de que durante una época –en diferentes épocas, en realidad, separadas por tres años, la diferencia de edad entre mis hijos– el adolescente y la niña se habían obsesionado por entender qué hacía yo en el estudio, o qué se suponía que hacía, como bien apostillaba la brasileira, que sabía que podía pasarme el día mirando la pared, caminando por el pasillo que llevaba a la cocina, saliendo a la calle a tomar café o a realizar pequeños recados que me servían de pretexto para oxigenarme y tratar de encontrar el camino para continuar –o iniciar– la escritura. Sucedió creo que en tercero de primaria, quizá en cuarto, cuando en clase invitaban a algunos padres y madres para que hablaran de sus profesiones. A mí nunca me invitaron; nunca supe, de hecho, cómo se decidía a quién invitar, si los niños, movidos por el orgullo, sugerían a sus progenitores, si eran los profesores los que elegían, o si, más probablemente, eso se discutía en aquel grupo de WhatsApp del que me salí porque llegaban trescientos mensajes al día sobre piojos, batas extraviadas, intolerancias alimentarias y la independencia de Cataluña.

–¿Qué tal la escuela? –le pregunté a la niña, al pisar la banqueta de la calle de la plaza.

Señaló la galleta que sostenía en la mano derecha para explicar que, tal y como yo le había enseñado, no podía hablar con la boca llena.

–¿Traes algo más? –me contestó, cuando terminó de deglutir el pedazo de galleta.

Le entregué una mandarina extemporánea, medio marchita, más amarilla que anaranjada, que había comprado a las prisas al lado de la escuela.

–Te queda fatal –dijo de pronto la niña.

–¿Qué? –le pregunté.

–El pelo –replicó–, te quedó raro.

–Gracias –dije.

–Pareces –dijo, y luego no pude escuchar lo que completaba la frase porque una moto atravesó la calle.

–¿Qué dijiste?

–Nada –respondió.

–Dijiste que parezco no sé qué, pero no alcancé a escuchar por el ruido.

–Yo tampoco –contestó.

En la plaza me uní al grupo de padres de las amigas de la niña y me propuse averiguar si alguien conocía a la peluquera bretona, si alguien se había cortado el pelo con ella, pero me estaba costando muchísimo avanzar en mis investigaciones, porque la simple mención de la peluquería, para empezar, derivó en una digresión larguísima dedicada a burlarse de mi nuevo peinado, de niño de orfanato. En esas andábamos, cuando la brasileira apareció.

–¿Me das el justificante? –me dijo con esa determinación con la que había derrotado a las burocracias de dos continentes–; me acaban de avisar que tengo que mandarlo ahora.

Abrí la mochila para buscarlo.

–Te lo dije –dijo.

–¿Qué? –le pregunté.

–Que fueras con –y mencionó el nombre de mi expeluquero, o más bien de mi peluquero nuevamente recuperado, al que no le pedí permiso para registrar su nombre, así que mejor no lo hago.

—¿Tan mal me quedó?

Le entregué el sobre con el logotipo de la clínica de gastroenterología y la vi alejarse sin responderme para hacer una foto con el celular. Luego se quedó un rato maniobrando en el teléfono, me imaginé que enviando y confirmando la recepción del documento. Mientras tanto, la conversación entre los padres se había desviado y yo, francamente, preferí no traerla de vuelta a mi peinado. De pronto, la brasileira se acercó casi corriendo.

—Está a tu nombre —me dijo.

Creí no entender, o preferí no hacerlo; en todo caso, intenté fingirlo, seguro que mal.

—Mira —exclamó, en portugués, extendiéndome el justificante—, ¿no lo revisaste?

No supe qué era peor: si contestar que sí o contestar que no, por lo que me limité a apretar la quijada y revisarlo en ese momento. Leí el encabezado y efectiva, desafortunada, desgraciada, tristemente tenía razón: las recepcionistas de la clínica de gastroenterología me la habían jugado.

—Ya voy yo —dijo.

—No no —contesté, ofendido.

Plegué el documento, lo refundí en el sobre

y, luego de prometerle a la brasileira que le enviaría una foto del justificante corregido en diez minutos, empecé a trotar calculando dentro de mi cabeza la ruta más corta.

El viernes en la tarde la gente está obligada a ser feliz, y toda esa felicidad de niños en bicicleta, perritos paseando, novios tomando helado y abuelos con nietos se convirtió en una carrera de obstáculos. Corría haciendo zigzag, disculpándome con gestos y manos, con la adrenalina a tope y con la esperanza de que el cambio de turno de recepcionistas me facilitara la gestión. Pero otra voz en mi interior –la del diablo que todos llevamos dentro– me decía que era muy tarde para la aparición de nuevos personajes, que lo mejor sería, en aras de la coherencia formal, que reaparecieran las mismas recepcionistas; al fin y al cabo, ¿qué era más importante, el trámite o el relato?, ¡el relato!, por lo que me encomendé al neoliberalismo, a la posibilidad casi certera de que las recepcionistas fueran subcontratadas, de que los servicios administrativos de la clínica estuvieran externalizados, y que las recepcionistas fueran trabajadoras precarizadas dispuestas a cubrir jornadas extraordinarias.

Entré a la clínica y confirmé aliviado que las recepcionistas continuaban ahí ocho horas después, defendiendo las trincheras del trabajo temporal. Me precedían dos personas en la fila, así que esperé y contemplé cómo las recepcionistas se cuchichearon algo al reconocerme.

¿Qué les iba a decir? ¿Debería usar un tono conciliador, empezar sugiriendo que habían cometido un error, un descuido fácil de corregir, o debería precipitarme al enfado, al reclamo destemplado que, infelizmente, me había demostrado su eficacia tantas veces en estas tierras?

—Se ve más joven —me dijo la primera recepcionista cuando me tocó mi turno, antes de que yo dijera nada.

Aunque lo lógico, dados nuestros antecedentes, habría sido interpretar que el comentario era irónico, y que ocultaba una broma sobre la infantilización de mi aspecto, la verdad era que había sonado sincera, incluso amable.

—Le queda mucho mejor —confirmó la segunda recepcionista, interrumpiendo por un segundo las gestiones que estaba haciendo para otro cliente y dedicándome una candorosa sonrisa.

Pero ¿qué estaba sucediendo?

La primera recepcionista me pasó un trozo de papel por el hueco del cristal que la separaba de los pacientes y me pidió que anotara el nombre de mi esposa, el número del documento de identidad y la fecha y hora en la que me habían realizado la colonoscopia.

83

Durante los minutos que había corrido desde la plaza hasta la clínica me había ido indignando tanto que ahora me costaba quedarme callado, evitar la queja, máxime cuando ni siquiera había tenido que insistir, lo que demostraba que me la habían jugado antes. Decidí esperar hasta tener el justificante en mis manos.

—¿Tres horas está bien? —me preguntó la primera recepcionista—, ¿o mejor cuatro?, ¿queda muy lejos de aquí su oficina?

Hice la cuenta dentro de mi cabeza.

—Con tres basta —dije.

Giró el monitor y me solicitó que le confirmara que los datos eran correctos. Leí en la pantalla el justificante con atención. Le dije que sí. La vi enviar el documento a impresión, caminar hasta la impresora, recoger la hoja de papel, plegarla, meterla en un sobre y entregármelo.

—Nos habíamos equivocado con usted —dijo.

—Sí, perdone —completó la segunda recepcionista.

Saqué el justificante del sobre, volví a leerlo por si las moscas, tomé la foto y se la envié a la brasileira. Entonces sí levanté la mirada del teléfono y encaré, alternadamente, a las recepcionistas, como exigiendo explicaciones.

—Nos ha conmovido —dijo la segunda recepcionista.

–¿Qué pasa? –pregunté, imaginando que habían puesto en marcha una broma más sofisticada.

–Es modesto –le dijo la primera recepcionista a la segunda–, no le han de gustar los elogios.

–Así es la gente buena de verdad –replicó la segunda–, no hacen el bien por reconocimiento.

–En serio no entiendo de qué están hablando –les dije.

Entonces la primera recepcionista tomó su celular, desbloqueó la pantalla, hizo un par de movimientos y me mostró una fotografía. Éramos yo y el ecuatoriano; o el ecuatoriano y yo, más bien.

–¿Lo conoce? –le pregunté, pensando en lo pequeño que era el mundo, y más todavía Barcelona.

Me dijo que no.

–Es muy bonito lo que está haciendo –añadió.

Le pedí que me prestara el teléfono. El ecuatoriano había colgado la foto en Instagram y se había viralizado porque un cantante de reguetón al que había etiquetado la había utilizado para una publicación motivacional. *Escribe tus experiencias,* decía el reguetonero. *Escribe tus sueños. Escribe tu futuro. Lanza tu estrella.* A juzgar por la música que sonaba de fondo, lo último, que no venía mucho al caso, era el título de una canción.

–¿No la había visto? –me preguntó una de las recepcionistas, ni siquiera supe cuál.

85

Estaba absolutamente atarantado por la velocidad que había adquirido la trama: la aceleración de internet.

Salí de la clínica sin decir nada, cimentando mi reciente fama de altruista modesto. En la calle revisé mi teléfono para verificar que la brasileira hubiera recibido la imagen del justificante; su respuesta había sido el emoticón de un beso y un pantallazo de –qué más– mi foto con el ecuatoriano en Instagram. «Y justo hoy que andas con esos pelos», me escribió.

«Voy directo a casa», le contesté, imaginando que ya me habría convertido en el tema de conversación en la plaza. Refundí el teléfono en el bolsillo del pantalón como si quisiera desaparecerlo. Hice el recorrido evitando hacer contacto visual con nadie y aun así juraría que en dos ocasiones me señalaron a la distancia, aunque también es probable que fuera pura paranoia.

Entré a nuestro departamento y afortunadamente el adolescente todavía no había llegado; necesitaba tiempo para reponerme.

Me eché en el sofá y me dediqué a administrar en el celular mis quince minutos de fama. Tenía mensajes de amigos con los que hacía mucho tiempo que no hablaba; varias peticiones de entrevistas de medios de México, Ecuador y España; memes que ya estaban circulando y que me remitían mis hermanos y los amigos más cercanos; y también varios recados en el buzón de voz, incluso de mi agente y de mi editora, y ambos coincidían en decirme que quizá esto *podía ayudar a que se moviera la cosa.* Se referían al hecho de que mis libros no se vendían mal pero tampoco acababan de venderse bien, lo que para mí era suficiente y para ellos no, porque ese era su trabajo y estaba bien que así fuera.

Entre las varias llamadas perdidas que habían caído en el buzón de voz había un mensaje de la peluquera bretona. Me decidí a marcarle de inmediato pensando que en ese momento ella era la única que podía sacarme de aquella locura. Pero me equivocaba, porque antes de nada me felicitó por la foto, o, para ser exactos, por la *buena causa.*

Me contó que le harían un injerto y que el pedazo de dedo que yo atesoraba no sería necesario para el procedimiento quirúrgico. Dijo que le quitarían un trocito de carne de la axila, aunque me pareció una elección extraña, habiendo tanto cuerpo para elegir; quizá lo había entendido mal.

—¿Por qué no me dijiste que eres escritor? —me preguntó cuando agotamos el tema sanitario.

Le dije que me daba vergüenza y que había que dar muchas explicaciones, que la gente solía hacer preguntas absurdas, como de dónde sacabas la inspiración, o cuántos libros vendías y cuánto se ganaba por cada libro vendido, y que además te contaban anécdotas supuestamente graciosas, extrañas o conmovedoras para que las incluyeras en tu siguiente libro. No estaba mintiendo.

Durante un tiempo, cuando vivíamos en Brasil, el padre de un compañero del equipo de futbol del adolescente —que en aquel entonces era un niño— se había dedicado a interrogarme todos los martes y jueves —días de entrenamiento—, y los sábados —día de partido—, sobre lo que él llamaba mis *proyectos literarios* y el *modelo de negocio de los libros*. Luego de varias de esas conversaciones dificultosas, en las que él no entendía por qué yo me negaba a escribir haciendo cálculos de demanda, pensando en lo que el *mercado de lectores* quería comprar —y no necesariamente leer—, o por qué rechazaba su idea de que yo imprimiera mis libros y los vendiera directamente a las librerías, para no tener que compartir las ganancias con la editorial, acabé por darme cuenta de que en realidad su insistencia se debía a que él no podía comprender que yo solo me dedicara a escribir lo que quería y que, por lo tanto, eso no era un trabajo de verdad.

—Yo creo que más bien eres humilde —me dijo la peluquera bretona—, eso está muy bien.

Estrené mi adquirida humildad haciéndome el púdico, cambiando de tema y preguntándole si le habían dado la baja.

–He hablado con mi abogado y dice que me puede conseguir una baja semipermanente –contestó–, una muy larga, quiero decir, no me acuerdo cómo la llaman.

–Hasta que te recuperes completamente –le dije.

–Exacto –replicó–. Quizá te llamamos para ser testigo del accidente de trabajo, si me ayudas podemos subir la indemnización y cobrar hasta el noventa por ciento, ¿sabes?

Me quedé callado.

–¿Puedo darle tu teléfono a mi abogado? –me preguntó–. Él te llama para explicarte.

–¿Necesitas el... dedo? –le contesté.

Se rió. Yo también.

Me respondió que no, que con los informes del médico y mi testimonio bastaría. Iba a decirle que de todas maneras prefería entregárselo, pero me di cuenta a tiempo de que, si no lo utilizaban de prueba en el juicio de incapacidad laboral, a mí sí podía servirme de evidencia en otro juicio, el literario, sobre la veracidad de estas páginas.

–Mi abogado te llama –dijo, se despidió y colgó, sin esperar a que yo le confirmara que estaba de acuerdo.

Deposité el teléfono –silenciado– en el brazo del sofá, con la pantalla boca abajo para ocultar las notificaciones, y dispuse mi ánimo para hacer una pausa; estaba solo en casa, era uno de esos momentos propicios a la descripción, al monólogo interior, a la digresión. Que el relato necesitaba una pausa era obvio, luego de tanta acumulación de acciones y giros de la trama, exponenciados por la aceleración de internet, pero también yo la necesitaba; sentía la mano derecha ligeramente acalambrada de no soltar la pluma, la vista cansada, la mente atontada y confusa. Más me valía aprovechar porque en cuanto la brasileira y la niña o el adolescente volvieran habría que ponerse en marcha de nuevo.

Cerré los ojos y me concentré en los sonidos de la calle que me llegaban amortiguados a través de la ventana. La conversación de los clientes del bar de enfrente, que, como no tenía terraza, salían a fumar y se quedaban bebiendo en la banqueta. Eran los instaladores del local de alarmas, discutiendo algo sobre la agenda de la semana siguiente. Las rueditas de las maletas de los turistas que subían al hostal para hacer el check in, lo cual significaba que eran casi las siete. Los acelerones intermitentes de las motos. El claxon del coche de algún neurótico al que le daba igual que fuera viernes. Un camión de la basura maniobrando para dar vuelta en la esquina, batallando con la estrechez de la calle. La vecina de arriba tocando al piano repetidamente el inicio de una canción, como calentando los dedos o modulando el ritmo e intentando hacer lo mismo que yo: desconectar de la realidad.

Nada de aquello me interpelaba, nada tenía que ver conmigo ni esperaba de mí una reacción o respuesta. Nada de aquello dejaría de existir tal como era sin mi intervención, la realidad no exigía de mí nada. Por fin nada que narrar.

Nada.

Nada.

Nada.

Nada.

Un movimiento tan simple como levantar el teléfono, darle la vuelta boca arriba y desbloquear la pantalla no solo me devolvería a mis quince minutos –no solicitados– de fama, sino que me llevaría de vuelta al curso de la Historia –con mayúsculas–, al flujo de noticias de la actualidad, lo que me abriría infinitas posibilidades narrativas surgidas de la indignación: violencia, injusticia, desigualdad, corrupción, la materia prima de la literatura comprometida. Pero csos libros ya los había escrito y ahora me estaba tomando una pausa.

Seguramente habrá quien interprete que en estas páginas, tal y como predije al comenzar, hay una segunda historia: la historia de cómo el capitalismo, a través de su oferta básica de confort y estabilidad –ni siquiera había hecho falta la versión premium, de lujo y despilfarro–, había doblegado la voluntad de un escritor y lo había desviado de los temas sociales y políticos sobre los que se debería pronunciar en su escritura y ante los que él, como figura pública, se debería posicionar. Pero ¿acaso aquel no era el verdadero triunfo del capitalismo, instrumentalizar la indignación y transformarla en productos de consumo que apaciguaran la mala conciencia de los lectores?

No.

No.

Yo no iba a responder a estos cuestionamientos, no ahora; ahora tenía que defender este espacio de nulidad, no permitir que los estímulos aleatorios y arbitrarios del mundo exterior alteraran mi estado de ánimo, mi felicidad, permanente o pasajera.

Silencio.

Me quedé dormido.

Aquí quedaría muy bien que describiera el sueño que tuve, sería una ocasión perfecta para hacer un resumen de lo narrado hasta ahora –perdón, de lo vivido– en clave onírica, con esa mezcla de hiperrealismo sensorial y ausencia de lógica racional con la que soñamos. Pero no recuerdo nada.

Luego escuché que se abría la puerta una y dos veces, advertí el trajín habitual del horario de baño de los niños, ruidos a mi alrededor, pero yo no conseguía levantarme del sofá.

Cuando se acercaba la hora de cenar, la brasileira finalmente se decidió a despertarme para que me encargara de meter las pizzas al horno mientras ella se duchaba –los viernes solíamos, y seguimos soliendo, cenar pizza–. Me pareció que sería un final consecuente. En Brasil hay una frase hecha para referirse al desenlace de historias que, luego de muchos enredos, acaban en nada: *Todo terminó en pizza*. Se refiere a la corrupción política, a cómo los rivales llegan a componendas para silenciar historias, aunque en general podría decirse que habla de una expectativa que va creciendo y al final termina convertida en nada, como en los chistes.

Serví las pizzas y las comimos comentando las peripecias del día. No me ahorré nada, ni siquiera el supuesto secreto del ecuatoriano, que, visto lo visto, me había tomado el pelo. En una pausa entre triángulo y triángulo, la brasileira nos preguntó si ya nos había contado de aquella compañera boliviana, a la que conoció en la tienda de souvenirs en la que trabajó cuando llegó a vivir a Barcelona, que era mentirosa compulsiva y aparentemente padecía de personalidad múltiple.

–Yo que tú no contaba nada –la interrumpió el adolescente.

–¿Por qué no? –le preguntó la brasileira–, ¿qué pasa?

–Está escribiendo un libro sobre nosotros –dijo el adolescente.

–No se trata de nosotros –repliqué–, o sea, sí es de nosotros, pero en realidad estoy hablando de algo más, de algo que está más allá de nosotros; la literatura siempre es así, escribes de una cosa aunque la verdad...

–Estás hablando de otra –completó el adolescente, en tono irónico.

–¿Y estás usando tu nombre? –me preguntó la brasileira.

Le dije que sí con la cabeza gacha, sin atreverme a mirarla a los ojos.

–No le busques cuerno al unicornio –me dijo, en portugués, y al traducir la frase al español dentro de mi cabeza sonó a que no le buscara tres pies al gato o, para ser más exactos, que no le buscara dos ces a la palabra autoficción.

Me lo decía porque unos años atrás, en el primer viaje que hicimos a Brasil luego de que yo publicara una novela en la que le había puesto mi nombre a un personaje, durante una escala en Casablanca, al regresar a Barcelona, tuve un contratiempo en el control de inmigración.

—¿Cómo se llama? —me preguntó el agente, después de que el sistema no reconociera mi pasaporte al escanearlo.

—Juan Pablo Villalobos Alva —contesté.

—¿Seguro? —insistió el agente, mientras revisaba todas las páginas del pasaporte.

—Alva con v de vaca —aclaré, como digo siempre que hago un trámite.

—El pasaporte es falso —replicó, levantando la vista del documento y clavándola en mis ojos, como sugiriendo que no fingiera, que fuera confesando.

No supimos si fue la mención de la frase «pasaporte falso» —en inglés— o si el agente había activado algún tipo de alarma, el hecho fue que en cuestión de segundos se apersonaron la policía, un par de militares armados con metralletas y el mismísimo jefe de migración del aeropuerto.

—¿A qué se dedica, señor Villalobos? —me preguntó el jefe de migración, que se había apoderado de mi pasaporte.

Cavilé si sería lo más sensato, estando donde estábamos, un sitio que no se caracterizaba por el respeto a la libertad de expresión, confesar que era escritor. Pero ¿qué otra cosa podía decir? Una mentira pudorosa podría convertirse, en ese contexto, en incriminatoria.

—Soy escritor —contesté.

El jefe de migración levantó la cabeza para observarme concienzudamente.

–De ficción –me apresuré a especificar, para que no concluyera que era periodista–, escribo novelas.

La niña y el adolescente estaban asustadísimos, se notaba a leguas en sus caras que estaban considerando la posibilidad de que aquel momento definiera sus vidas y las cambiara para siempre: el instante en que descubrirían que su padre no era quien creían que era. A la brasileira la sospecha también le pasó fugazmente por la mente.

–¿Todo bien? –me preguntó, en portugués, lo que significaba, en español y en aquel momento: «¿Hay algo que quieras contarme?, ¿algo que no sepa?, ¿debo preocuparme?»

Le iba a contestar que sí, que todo estaba bien, y que no, que no debía preocuparse, pero yo estaba aterrorizado, porque, la verdad, ¿qué era más verosímil?: ¿que yo fuera un escritor mexicano que vivía en Barcelona y volvía de unas vacaciones felices con su familia en Brasil o que yo fuera un narcotraficante que utilizaba a su familia como coartada?

Decidí no volver a abrir la boca.

Al final mandaron traer a un experto en costuras de pasaportes que diagnosticó que mi documento era auténtico y yo pude recuperar la tranquilidad y mi nombre. Pero de esta historia la brasileira había extraído la moraleja de que todo aquello había sucedido por haber utilizado mi nombre en una novela y que más me valía no volver a hacerlo nunca más.

–¿Y vas a echar de cabeza al ecuatoriano? –me preguntó la brasileira, de vuelta al viernes en la noche y a la pizza–, ¿vas a contar su secreto en un libro?, ¿en serio?

–No no –contesté–, eso no voy a contarlo, cómo crees.

El adolescente estaba indignadísimo, opinaba que yo debería contar la verdad, desenmascararlo. Le dije que no valía la pena, que una mentira viralizada valía más que mil verdades, sobre todo si estaban escritas en una novela.

–¡Pero entonces tú te vuelves cómplice de la mentira! –me echó en cara.

–Es una mentira que no le hace daño a nadie –le contesté.

–¡Pero no es verdad! –insistió.

Estuvimos un rato discutiendo, pero no hubo manera de que aceptara mis argumentos. No se trataba únicamente de un debate moral entre verdad y mentira; desmentir al ecuatoriano significaría prolongar la historia, desviar de nuevo su dirección, y en esta ocasión a través de la polémica –el falso conflicto, la estrategia favorita de la mala literatura y de la realidad actual–, y yo lo que quería era acabar ya, no darle pie al ecuatoriano a que continuara ganando protagonismo.

–Pues es hipócrita hacer eso –sentenció el adolescente–, yo no podría hacerlo, yo voy de cara, contando la verdad aunque no le guste a la gente.

La brasileira y yo nos miramos sonriendo. El ímpetu y la intransigencia del adolescente nos recordaba nuestra propia adolescencia, y también nos hacía sentirnos orgullosos de los principios que defendía en ese momento; lo estábamos educando bien.

–Eso yo lo aprendí en el rap –añadió, como si leyera nuestros pensamientos.

Nos reímos a carcajadas.

No podíamos controlarnos, la brasileira y yo aprovechábamos la risa para liberar el cansancio acumulado, para inaugurar el fin de semana, pero más nos valdría parar antes de que el adolescente se ofendiera.

La niña salió en nuestro rescate.

–¿Qué es esto? –preguntó.

Había abierto el frasquito en el que estaba guardado el dedo de la bretona y nos mostraba la reliquia sobre la palma abierta de su mano.

–¡Qué asco! –exclamó el adolescente.

Pensé que la niña no habría puesto atención cuando les había contado esa parte de la historia, era algo que le pasaba, era medio despistada. Empecé a repetírsela.

—Esto no es un dedo, papá —me interrumpió.

Colocó el trocito en el centro de la mesa, al alcance de los cuatro.

Nuestra mesa del comedor es gris oscuro, así que la materia orgánica, blancuzca, se delineaba perfectamente. Era una bolita del tamaño de una perla, achatada en los polos.

—¿Qué es esto? —preguntó la brasileira, muy seria.

Solo me quedaban dos opciones: o soltaba la pluma, apartaba el cuaderno, levantaba la cabeza y le respondía, mirándola a los ojos, o apretaba la pluma y aguantaba hasta el final.

—Parece una perla —añadió.

—Es un pólipo —confesé.

—¡Qué asco! —volvió a decir el adolescente.

—Un pólipo —repitió la brasileira, a medio tono entre la incredulidad y el escepticismo.

—¿Qué es un pólipo? —preguntó la niña.

—Es benigno —me apresuré a aclarar—; me lo dieron hoy, cuando fui a recoger el justificante a la clínica.

—Nos habías dicho que no te habían encontrado nada —replicó la brasileira.

–No quería preocuparlos –contesté.

–¿Cuántos te sacaron? –preguntó.

Le dije que tres.

–Uno lo mandaron a la biopsia, otro se lo quedó el gastroenterólogo y el tercero me lo dieron, de recuerdo.

La niña hizo una pinza con los dedos, prendió el pólipo, lo levantó y se lo colocó de nuevo en la palma de la mano.

–Parece un moco –sentenció.

–Es grasa –respondí–, grasa de fritanga, de garnachas, esos pólipos los fui formando durante años de comer en la calle en México.

Les expliqué que era un pólipo bastante singular, que tenía una concentración altísima de sodio y capsaicina, que era la primera vez que se detectaba un pólipo así en Cataluña, que mi gastroenterólogo iba a escribir un artículo para la revista de la Sociedad Europea de Gastroenterología.

–Hasta pareces orgulloso –dijo el adolescente.

No estaba orgulloso, pero esa perla era mía, había salido de adentro de mí, yo la había fabricado con mi apetito, estaba hecha de hambre, de deseo, era una idea y al mismo tiempo su forma, la forma de una idea, una idea de la forma; era esférica, no tenía principio ni fin, no era perfecta ni aspiraba a serlo, pero era maleable, podía ir tomando diferentes aspectos si yo me aplicaba sobre ella, trabajándola a conciencia, puliéndola o deformándola.

—¿De veras lo vas a guardar? —me preguntó la niña.

—Más que recuerdo parece un aviso —dijo la brasileira.

—Una advertencia —agregó el adolescente.

La amenaza de la infelicidad, pensé.

—O sea que el libro en realidad se trata de que tenías miedo de morir —dijo el adolescente.

Los tres se quedaron observándome, esperando mi respuesta.

Puse el punto final, dejé la pluma al lado, cerré el cuaderno como si cerrara detrás de mí la puerta al entrar a casa. Levanté la cabeza y les sonreí.